KB271559

삶이 먼저다

SEOUL, 2008

삶이 먼저다

초판 제1쇄 발행일 2008년 2월 25일 초판 제2쇄 발행일 2010년 2월 10일

지은이 안느 마리 폴 옮긴이 이정주

발행인 전재국 본부장 이광자

편집주간 김문정 아동청소년팀장 박진희 편집 강민혜

디자인팀장 남희정 디자인 권영은 저작권팀장 민유리

마케팅실장 정유한 마케팅팀장 호종민

발행처 (주)시공사 주소 서울시 서초구 서초동 1628-1

전화 영업 2046-2800 편집 2046-2823

인터넷 홈페이지 www.sigongsa.com

ISBN 978-89-527-5112-6 43860

*홈페이지에 회원으로 가입하시면 다양한 혜택이 주어집니다.
*잘못 만들어진 책은 구입하신 곳에서 바꾸어 드립니다.

삶이 먼저다

안느 마리 폴 지음
이정주 옮김

시공사

차례

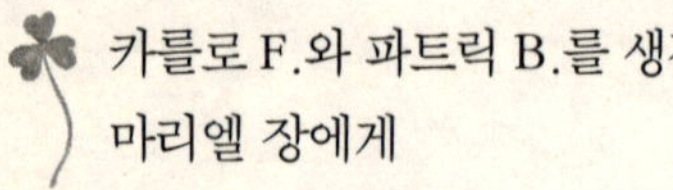

카를로 F.와 파트릭 B.를 생각하며
마리엘 장에게

• • •

이 책에 쓰인 시는 클레르 디레가 지은 시입니다.
주인공 스텔라의 시를 직접 쓸 수도 있었지만, 스텔라
또래의 소녀가 쓴 시가 더 좋겠다는 생각이 들었습니다.
시를 사용하도록 흔쾌히 허락해 준 클레르 디레에게
고마운 마음을 전합니다.

안느 마리 폴

발췌한 시 제목

죽은 이성 | 불안 | 타협은 없다 | 나의 악이 산산이 부서지다 | 멜랑콜리
마지막 기회 | 일몰 | 피가 내린다 | 빛

프롤로그

1965년 파리

클라라가 교실에 들어왔을 때, 우리는 모두 자기 자리에 앉아 있었다. 클라라는 선생님에게 나지막이 뭔가를 얘기했다. 변명하느라 하는 말이 아니었다. 선생님은 얼굴이 하얗게 질려 놀란 눈으로 클라라를 쳐다봤다.

클라라는 선생님의 대답을 기다리지 않았다.

클라라는 이상할 정도로 천천히 걸으며 자기 자리에 갔다. 책가방을 바닥에 툭 떨어뜨리며 의자에 털썩 주저앉아 두 손으로 얼굴을 감쌌다. 마치 부서진 꽃 같았다. 치마가 너부죽이 퍼졌다. 클라라의 옆자리는 비어 있었다……

침묵.

우리는 감히 숨을 쉴 수가 없었다.

나는 기억한다……

한 줄기 햇살이 유리창을 뚫고 들어왔다. 금빛 갈색의 빛
줄기가 교실을 쓸었다. 난 마치 연극 무대를 비추는 조명 같
다는 생각이 들었다. 6월이었다. 며칠만 있으면 방학이고,
아름다운 날이었다.

무보 선생님이 무겁게 입을 열었다.

"너희들의 친구 위고가 죽었어."

침묵이 산산이 폭발했다.

1. 너 왜 그랬니?

열여섯 살인 스텔라 마이에는 집 열쇠를 가지고 다니지 않는다. 스텔라의 엄마 엘리안느가 전업 주부라 늘 집에 있기 때문이다. 그래서 고등학교에서 '어린 딸'이 돌아오면 엄마가 나와서 문을 열어 준다.

엄마는 큰 소리로 반겼다.

"우리 딸 왔구나!"

눈 빠지게 기다린 모양이다! 오늘 스텔라는 인사를 얼버무리며 곧장 방으로 내빼려 했지만, 엄마가 팔을 붙잡았다. 붉게 칠한 엄마의 기다란 손톱이 스텔라의 파리한 맨살에 꽂혔다. 스텔라의 눈엔 흡사 맹수의 발톱 같아 보였다.

"울었니?"

"네."

"점수가 나빠?"

스텔라는 어깨를 으쓱였다. 고작 생각한 게 점수라니!

고등학교 1학년인 스텔라는 초등학교 1학년 때부터 줄곧 우등생이었는데 말이다. 엄마는 안도하며 미소를 지었다. 하지만 끈질기게 물었다.

"그럼 뭐니?"

스텔라는 입을 굳게 다물었다. 엄마한테는 눈곱만큼도 얘기하고 싶지 않다. 게다가…… 그 끔찍한 일을 어떻게 얘기한단 말인가……?

어떻게 받아들여야 할지 모르겠는데. 스텔라는 훌쩍였다. (자기의 짐작이 틀림없다고 생각한) 엄마가 더듬거리며 말했다.

"혹시 널…… 괴롭히는…… 남자 애가…… 있니?"

아! 차라리 그 편이 천배 낫겠다. 수술을 받거나, 독사에 물리거나, 바다에 빠지거나, 내가 무서워하는 그런 일들이라면 견딜 만하겠다…….

하지만 이건 최악이었다. 최악 중에서도 최악.

스텔라가 말을 뱉었다.

“우리 반 남자 아이가 죽었어요.”

“저런, 세상에!”

뻔뻔하게도 엄마의 얼굴에 안도의 빛이 떠올랐다.

“교통사고지, 맞지?”

엄마한테 가장 끔찍한 게 그거니까. 엄마는 하루에도 열 번씩 길 건널 때 차 조심하라고 잔소리다. 스텔라는 참다 못해 소리를 꽥 질렀다.

“아니요! 자살했어요! 자살요!”

스텔라는 엄마의 손톱에서 벗어나 쏜살같이 방으로 도망쳤다. 문을 단단히 걸어 잠그고 침대에 엎드렸다. 베개에 얼굴을 묻고서 중얼거렸다.

“위고······.”

스텔라는 다시는 위고를 보지 못할 것이다. 위고도 스텔라를······. 영원히 안녕이다.

위고는 클라라의 연인으로 남을 것이다. 바꿀 수 없는 사실. 위고는 스텔라가 자신을 좋아했다는 사실을 모를 것이다. 위고가 스텔라를 좋아할 일도 없을 것이다. 끝이다. 둘 사이는 아무 일도 없을 것이다······.

아무 일도.

나는 기억한다. 베갯잇을 적시며 위고의 이름을 몇 번이고 불렸다.

위고……

너 왜 그랬니?

똑똑 문 두드리는 소리가 났다.

"우리 아가, 문 좀 열어 봐."

아! 저 소리가 가장 듣기 싫다! 스텔라는 대답하지 않았다. 엄마가 구슬렸다.

"그러지 마."

스텔라는 베개로 귀를 막았다. 엄마 말은 듣고 싶지 않았다. 하지만 그래도 들렸다.

"안됐지만 그 불쌍한 애랑 너와는 상관이 없잖아!"

스텔라는 낮은 목소리로 대꾸했다.

"엄마가 뭘 알아? 알지도 못하면서……"

스텔라는 통곡했다.

회사에서 퇴근한 아빠 로베르까지 가세하여 딸을 달랬다.

"우리 딸 스텔라, 네 맘 다 안다."

그래서 스텔라는 방에서 나왔다. 입을 꾹 다문 채 퉁퉁 부은 눈으로 부모와 저녁을 먹었다.

한 입 먹을 때마다 나는 생각했다.

'이젠 영원히…… 이젠 영원히……'

친구들과 함께 교실에 들어오던 위고, 장난 잘 치고 생글
거리고 자신감에 넘치던 위고는 이제 영원히 보지 못하리라.

위고는 무엇이든 비웃으며 삐딱하게 굴었다.

내 눈에는 그게 매력이었다. 우리보다 나이가 많았기 때문이
다. 위고는 유급했다……. 그래도 난 상관없었다! 위고가 교실
문턱을 넘을 때마다 내 가슴은 쿵쾅거리며 홍당무가 되었다. 하
지만 위고는 전혀 눈치 채지 못했다…….

나는 존재하지 않았다.

존재할 수가 없었다.

팔다리는 깡마르고 짧은 금발 머리는 사방으로 비죽거리는
데…….

새 둥지에서 떨어진 새끼 새처럼!

난 위고가 좋아할 타입이 아니었다.

클라라는 정말 예뻤다. 우리 고등학교에서 가장 예뻤다.

"여보, 있잖아……."

엄마가 말을 꺼냈다.

엄마든, 아빠든 누구도 '그 불쌍한 애'를 입에 올려서는 안 된다.

그 아이의 이름조차 모르면서 말이다…….

"……우리가 7월에 빌린 빌라 '티 코리강' 사진을 받았어."

엄마는 짐짓 꾸민 말투로 이야기했다. 서툰 배우는 분위기를 띄우기 위해 무진장 애를 썼다. 아빠는 열심히 장단을 맞췄다.

아빠가 점잖게 물었다.

"그래? 그 집 괜찮아 보여?"

"응, 맘에 들어. 바다에서 두 걸음밖에 안 되더라고. 아니, 네 걸음인가 다섯 걸음밖에 안 돼!"

엄마는 자기가 말하고 자기의 말에 웃었다. 스텔라는 웃지 않았다. 여름휴가 따윈 관심 없다.

내가 좋아한 남자 아이는…….

하지만 여름휴가에 정신이 팔린 두 어른은 위고의 일을 차에 치인 고양이 정도로 대수롭지 않게 취급했다.

아빠가 농담을 던졌다.

"티 코리강이라……! 이름이 좀 구식이야."

"그렇지 않아. 브르타뉴(프랑스 서북부 끝 브르타뉴 반도가
있는 지방 : 옮긴이)의 느낌이 물씬 나잖아!"
"듣고 보니 그렇기도 하네."
아빠는 너털대고 웃었다.

난 생각했다. 위고라면 절대로 웃지 않을 거라고.
그래서 난 다시 울음을 터뜨렸다.

엄마가 놀라 소리쳤다.
"이런! 세상에! 어서 휴가를 떠나야지 안 되겠네! 스텔라,
너한테는 정말 기분 전환이 필요해!"

내 슬픔이 엄마를 귀찮게 했다.

2. 난 상상이 안 됐다

그날 밤, 스텔라는 잠을 이룰 수가 없었다.

그래서 시 한 편을 썼다. 위고에게 바치는 시를. 내 비밀 공책에. 나는 평소에 내 생각, 감상 혹은 마음에 드는 격언이 있으면 비밀 공책에 끼적였다.

또 탐스러운 머리채와 가늘고 긴 눈매를 지닌 (나였으면 하고 바라는) 아름다운 여자 애 얼굴도 자주 그렸다.

내가 그렇게 생겼다면 위고가 봐 주지 않았을까?

이따금 글 쓰는 걸 좋아하는 내 자신이 '이상하게' 느껴질 때가 있었지만 그 순간만큼은 아니었다.

내가 생각해 낸 단어들이 고통을 덜어 주었다. 조금은.

스텔라는 자기가 쓴 시를 읽고 또 읽었다.

그러다 외울 정도가 되었을 때, 벽장 속 깊숙이 공책을 넣고 붉은 천으로 덮은 뒤(고리는 다 채우지 않았다.), 그 위에 티셔츠 더미를 쌓아 올렸다. 엄마가 옷 정리를 검사한다고 들여다본다 해도 전혀 눈치 채지 못할 것이다.

꽁꽁 숨긴 스텔라의 비밀 생각은 아무도 보지 못한다. 위고만 빼고.

스텔라는 잠자리에 들었다.

나는 어둠 속에서 눈을 말똥말똥 뜬 채 한참을 가만히 있었다. 불현듯이 위고가 죽었다는 사실이 믿기지 않았다. 이건 나쁜 꿈이야……. 아니, 기분 나쁜 놀이야. 위고는 다시 돌아올 거야.

다시―돌아올―거야…….

난 잠이 들었다.

"장례식에 간다고?"

엄마가 되물었다.

"네, 반 애들 다 가요."

"스텔라, 정말 너도 가야 하니?"

"네."

“하지만 넌 그 애를 잘 알지도 못하잖아.”

“그래도 가야 해요.”

엄마는 기막혀했다.

“그런 데 가면 충격 받아. 네가 어떻게 견디겠니? 너처럼 약한 애가!”

스텔라는 울먹이며 대답했다.

“참을 수 있어요.”

우리 부모님은 ‘신자’가 아니었다. 우리 가족이 성당에 가는 것도 크리스마스나 부활절에, 그것도 미사가 끝날 때쯤 도착하는 게 고작이었다! 그때마다 엄마는 한껏 치장하고 멋 내느라 (극장에 가는 줄 아셨나?) 우리는 지각하기 일쑤였다.

오늘 스텔라도 지각을 했다.

원래 그러냐고? 아니. 무서워서 그랬다. 멀리 성당 현관 앞에 검은 상복을 입은 모르는 사람들(위고의 가족) 사이로 반 친구들이 보였다. 모두 클라라를 빙 둘러싸고 있어 스텔라는 다가갈 엄두를 못 냈다.

스텔라는 길모퉁이 마로니에 뒤에 숨어서 사람들이 안으로 들어가기를 기다렸다. 그때 검은 영구차가 도착했다. 온통 하얀 꽃으로 뒤덮인 영구차는 천천히 들어와 계단 밑에 멈췄다.

남자들이 내려서 뒷문을 열었다.

관이 보였다. 금색 철제 부품이 햇살에 반짝였다.

그제야 스텔라는 위고가 죽었다는 사실이 실감되었다.

위고는 저 안에 있다. 반짝이는 마호가니 판지 사이에.

난 상상이 안 됐다.

아니, 상상하기도 싫었다……

심장이 둥둥거리는 게 터져 버릴 것 같았다.

(빈 영구차와 담배를 태우는 운전사를 제외하고는) 밖에 아무도 남지 않았을 때, 스텔라는 성당 안으로 들키지 않게 들어갔다.

사람들이 너무 많아서 관이 보이지 않았다. 뒤에 앉은 스텔라는 머리 위에서 내려치는 우레 같은 파이프 오르간 소리에 어지러웠다. 향내와 뜨뜻한 촛농 냄새에 숨이 막혔다.

스텔라는 두 손으로 얼굴을 감쌌다.

엄마의 말이 맞았다. 참기 힘들었다. 파이프 오르간 소리가 잦아들었다. 클라라가 기도문 같은 걸 읽는 소리가 들렸다. 클라라의 목소리는 조금도 떨리지 않았다. 클라라는 참 대단하다.

나는 아닌데.

손가락 사이로 눈물이 흘러내렸다.

스텔라는 일어나서 중앙 복도로 성가대 자리까지 걸어가 마이크를 낚아챈다…….

그리고 자기가 쓴 시를 낭송한다.

이게 스텔라가 해야 하는 거다. 하지만 그러지 못했다.

주인공이 아니니까. 꿈이라면 모를까. 스텔라는 자신도 없고 부끄러워 의자에 꼼짝없이 앉아 있었다.

위고는 그를 위해 쓴 스텔라의 시를 듣지 못할 것이다.

나는 검은 대양으로부터 멀리 날아가고 싶었다.

하지만 썩어 가는 진흙 덩이가

내 날개에 끈적끈적 달라붙었다.

내 눈은 순수한 이상을 향했다.

하지만 현실은 내 눈동자를 더럽혔다.

그렇지만…….

그래도 어쩌면 위고가 지금 저 세상에서 듣고 있지 않을 까…….

그렇지 않을까?

내 질문에 대답해 줄 수 있는 사람은 아무도 없었다. 나는 장
례식이 끝나기 전에 얼른 나왔다.

3. 난 진짜로
무슨 일이 일어나길 바랐다

드디어 우리 가족은 여름휴가를 떠났다. 북부 연안의 티 뭐라
고 하는 피서지로.

"스텔라, 이런 날씨에 수영을 하겠다고?"

아빠가 깜짝 놀랐다.

"네."

엄마가 야단쳤다.

"감기에 걸려서 징징대는 꼴 못 봐."

"안 그래요."

산책로에 있는 그라들롱 카페 테라스. 철제 의자에 깊숙이
앉아 있는 스텔라는 바다를 바라보며 사이다를 홀짝거렸다.

여기서는 바다가 잘 보였다. 하늘은 낮게 깔리고 회색 파도가 인적 없는 바닷가로 밀려왔다.

그다지 매력적이지 않다!

솔직히 물에 들어가는 건 내키지 않는다! 하지만 부모랑 온종일 붙어 있는 건…… 지긋지긋하다!

스텔라는 잔을 원탁에 내려놓았다. 갑자기 바람이 일어 냅킨이 날아갔다.

"내일 해."

스텔라는 고개를 가로저었다.

"비가 오기 전까지만 할게요……."

아빠가 말했다.

"스텔라 말이 맞아. 비가 곧 올 것 같은데."

엄마는 한숨을 내쉬었다.

"후유……."

티 코리강을 노래했던 엄마지만 3일이 지나자 엄마도 시들해졌다. 엄마에게 브르타뉴는 거기까지였다. 엄마는 짜증 섞인 눈으로 스텔라를 흘겼다.

7월이면 으레 우리 가족은 덥고 하늘이 푸른 코트다쥐르(프랑스 남부 지중해 연안의 휴양 도시 : 옮긴이)로 놀러 갔다. 하지만 올해 의사가 내 건강에는 더 활기찬 날씨가 좋다고 조언하는 바람에……

여름휴가를 망친다면 그건 내 탓이었다.

엄마는 비치백을 뒤졌다.

"수건 가져가서 물에서 나올 때 춥지 않게 몸을 잘 닦도록 해."

스텔라는 하늘을 바라봤다.

"북극에 있는 것도 아닌데."

"북극이나 다름없지."

아빠가 농담을 했다.

아빠의 유머는 썰렁했다. 아내도 딸도 웃지 않았다. 아빠의 표정이 시무룩해졌다. 이 두 사람은 정말이지……! 분위기를 망치는 데 뭐가 있다!

엄마가 퉁명스럽게 말했다.

"여기서 기다릴게."

"그러실 필요 없어요! 그냥 티 코리강에서 만나요."

"물에서 무슨 일이라도 나면 어쩌려고 그래?"

엄마는 불안해했다.

"무슨 일이요? 상어라도 나타날까 봐요?"

스텔라의 목소리가 격앙되어 떨렸다.

"전 어린애가 아니에요."

"그만, 그만!"

아빠는 제멋대로 날뛰는 말을 진정시키려는 듯이 나서서 중재했다.

스텔라는 벌떡 일어나 수건을 움켜쥐었다.

"전 갈 테니까 마음대로 하세요!"

스텔라는 성큼성큼 걸어 나갔다. 뒤에서 말이 들렸다.

"저 황소고집하고는."

"당신도 똑같아."

"그래! 당신은 딸 편이나 들어……. 이게 무슨 여름휴가야!"

나는 기억한다.

그 순간, 난 진짜로 무슨 일이 일어나길 바랐다. 뭐든 상관없었다. 난 무슨 일이 일어나게 무슨 짓이라도 했어야 했는데…….

스텔라는 바닷가로 통하는 계단을 달려 내려갔다. 뭉그러진 검은 바위 더미에 둘러싸인 붉은 모래사장이 펼쳐졌다. 그림엽서를 보는 것 같다.

날씨가 고약해서 그런지 수영하러 나온 사람은 없었다.

저 멀리 초록 섬이 보인다.

　동그랗게 생긴 게 자갈과 이끼와 해조로 꾸민 왕관처럼 바다 위에 불쑥 솟아 있다.

　난 매력적인 장소라고 생각했다. 별나고, 조금은 무서운. 먼 바다에서 (아니, 어쩌면 다른 곳에서) 온 안개가 얇고 보드라운 천처럼 살포시 섬을 감쌌다. 난 기억한다…….
　유령이 떠올랐다. 유령이 어딘가에 숨는다면 분명히 저런 데를 고를 것이다…….

4. 저 한심한 녀석들에게
내가 누군지 보여 주리라

스텔라는 관광 안내소에서 가져온 관광 안내서에 초록 섬은 썰물 때 걸어갈 수 있다는 설명이 생각났다.

헤엄쳐서 가는 건 생뚱맞은 짓일 것이다!

게다가 지금은 밀물이 한창일 때다…….

스텔라 입가에 엷은 미소가 번졌다. 초록 섬 바위로 기어오르는 스텔라를 발견할 엄마 아빠의 표정이 어떨지……! 부모는 지금도 스텔라를 감시하고 있을 게 뻔하다.

스텔라는 자기 어깨 위를 힐끗 보다가 화들짝 놀랐다!

젠장!

바닷가에 불쑥 솟은 화강암 난간에 젊은 남자 애들 몇몇이 팔꿈치를 괴거나 그 위에 앉아 있었다. 녀석들은 스텔라를 관찰했다.

딱히 할 일도 없는 듯이……!

저 애들은 대체 어디서 나타났을까?

(멍청한) 녀석들을 보니까 수영하고 싶은 생각이 싹 사라졌다. 저 앞에서 옷을 벗다니……. 됐다! 하지만 물에 들어가지 않고 도로 그라들롱 카페로 돌아간다면 우스운 꼴이 될 것이다.

그래서…….

바람이 불었지만, 스텔라는 모래 위에 수영 가운을 펼쳐 가장자리에 운동화로 고정한 뒤, 그 위에 앉아 흰 스웨터를 벗고, 몸을 비틀어서 청바지를 벗었다.

수영복 차림이 되었다. 짙은 청색의 '비키니'는 덜 말라 보이게 하지만, 어깻죽지는 두드러져 보였다. 스텔라는 꼭 벌거벗은 기분이었다. 상처받을 것 같다.

난 녀석들의 놀림감이었다. 그걸 느낄 수 있었다. 내 뒤에 꽂힌 녀석들의 시선에 난 꼼짝도 할 수가 없었다.

일어설 엄두조차 나지 않았다.

그리고 안개가 더 빽빽이 초록 섬을 둘러쌌다…….

"쇠꼬챙이처럼 말랐다, 야……. 아니, 막대 사탕 같아."

스텔라는 들었다. 사실은 아니다. 스텔라는 아주 멀리 있기 때문이다. 하지만 그럴 거라고 짐작된다. 녀석들이 비웃겠지. 스텔라는 이런 일에 익숙하다. 학급 친구들도 스텔라가 파티에 간 적이 없고, 춤도 안 추고, 남자 애와 데이트 한 번 못 해 본 모범생이라 (은근히) 무시하니까 말이다.

완전히 숙맥이라고!

내가 숙맥이야?

그 순간 결심했다. 저 한심한 녀석들에게 내가 누군지 보여 주리라!

스텔라는 일어났다.

하나, 둘, 셋……! 스텔라는 바다로 달리기 시작했다. 하도 빨리 달려서 '관중'의 환호 소리는 들리지 않았다. 바닷물에 뛰어들었다. 얼음장처럼 차가웠다. 견딜 만했다! 스텔라는 팔다리를 마구 휘저으며 초록 섬을 향해 나아갔다.

스텔라는 따뜻한 남쪽 바닷물에 익숙해서 그런지 차가운 바다는 힘에 겨웠다. 몇 미터도 못 가 숨이 가빠 왔다. 하지만 기분은 좋다. 녀석들이 야유하건 말건 상관없다! 헤엄치는 사람은 이 스텔라 마이에 밖에 없으니까!

스텔라는 숨을 쉬기 위해 배영을 했다. 안개가 아까보다

짙어져서 하늘이 훨씬 더 낮아 보였다.

아무래도 괜찮다.

초록 섬이 목표다. 스텔라는 꼭 갈 것이다!

스텔라는 다시 몸을 뒤집어서 평영을 했다.

이상하다……. 목표가 아까보다 더 멀어진 것 같다.

마치 신기루 같다…….

안개가 내려앉아 섬을 빙 둘러싸서 섬의 둥근 가장자리가 흐릿했다…….

스텔라는 첨벙거리는 소리가 들려 뒤돌아봤지만 아무것도 보이지 않았다. 바닷가와 바다는 솜뭉치 같은 안개 뒤로 사라졌다. 앞도 마찬가지였다.

스텔라는 눈앞이 캄캄했다.

'이러다 물에 빠져 죽겠어…….'

그래, 난 그렇게 생각했다.

하지만 안 무서웠다. 진짜로 안 무서웠다. 난 위고를 생각했다…….

"어이! 이봐!"

굵은 목소리가 소리쳤다.

안개 속에서 홀연 남자 아이가 나타났다. 수영을 잘했다.

갈색 머리가 다가왔다.

남자 아이가 고함쳤다.

"너 장난치는 거야, 뭐야?"

스텔라는 대답을 할 수가 없었다. 앞으로 나아가지도 못하고 강아지처럼 허우적거리기만 했다. 이젠 너무 추워서 근육이 굳어 버렸다. 남자 아이는 세 번 팔을 저어서 더 가까이 왔다.

"내 어깨를 붙들어. 내가 데려다 줄게."

"수영할 줄 알아."

"고집 피우지 마."

잔물결 위로 보이는 남자 아이의 까만 눈에 거부할 수 없는 힘이 있었다. 스텔라는 남자 아이 말대로 했다. 남자 아이는 스텔라를 지푸라기처럼 끌고 갔다.

남자 아이는 숨을 헐떡였다.

"수영도 잘 못하던데. 저 위에서 널 보고는……."

스텔라는 작은 소리로 변명했다.

"안개를 못 봤어."

"종종 안개가 꼈다가 금방 사라지지. 하지만 그러는 사이에……."

남자 아이는 더 말하지 않고 전속력으로 물살을 갈랐다.

스텔라는 감히 말을 붙일 수가 없었다. 스스로 한심해 보였다. 남자 아이는 열여덟 살 정도 돼 보였다.

남자 아이가 입을 열었다.

"이제 발 닿아."

스텔라는 손을 놨다.

"고마워."

스텔라는 남자 아이를 힐끗 보며 우물거렸다.

남자 아이는 인상적이었다. 키가 크고 건장했다. 활력이 넘쳤다. 얼굴은 투박하고 머리는 지나치게 곱슬곱슬해 잘생긴 편은 아니었다.

내 눈에 잘생긴 남자는 위고뿐이었다.

내 기억 속의 위고는 나날이 멋있어졌다…….

조금은 천사처럼.

둘은 물에서 나왔다. 스텔라는 안개를 헤치고 나와 모래밭에 뒀던 옷가지를 찾았다. 스텔라는 얼른 수건으로 온몸을 둘둘 감았다. 남자 아이가 따라왔다.

"내 이름은 줄리앙이야. 너는?"

5. 내가 죽었다면
엄마 아빠의 표정이 어땠을까?

턱이 덜덜 떨렸다. 내 이름을 얼버무렸다. 줄리앙이 미소를
지었다.

"스텔라? 예쁜 이름이네!"

남자 아이한테 칭찬을 받은 건, 아니 친절한 말을 들은 건 처
음이었다. 지독하게 당황스러웠다.

"네 이름, 별이란 뜻이지? 맞지?"

"응."

스텔라는 젖은 수영복 위에다 대충 옷을 입었다.

"그러다 감기 걸려!"

웬 참견? 스텔라는 쌀쌀맞게 대답했다.

"집에 갈 거라 괜찮아."

스텔라는 곧 후회했다. 줄리앙이 구해 줬는데, 상냥하게 대해야 했다. 하지만 어색해서 그게 잘 안 됐다. 줄리앙은 여기저기 내팽개쳐진 자기 옷을 주워 얼른 입었다……

줄리앙이 말했다.

"오토바이로 데려다 줄게."

스텔라는 귀찮다는 듯이 말했다.

"아니, 괜찮아. 부모님이 그라들롱 카페에서 기다리셔."

자세하게 말할 필요까지는 없었는데, 괜히 말했다. 아! 꼴이 더 우스워졌다! 줄리앙은 스텔라를 '마마걸'이라고 생각할 것이다. 문제는 그게 사실이란 거지만. 그래서 스텔라는 자기 자신에게 화가 났다!

스텔라는 줄리앙의 얼굴을 똑바로 쳐다보지 못했다.

안개가 걷히기 시작했다. 아니, 이제는 저 멀리 인적이 없는 바닷가로 물러갔다. 나는 꿈에서 깨어난 것 같았다……

둘은 한 마디도 않고 계단으로 같이 걸어갔다. 위에서는 여전히 녀석들이 난간에서 내려다봤다. 비웃거나 실실 웃어 댈 녀석들의 얼굴을 보지 않으려고 스텔라는 고개를 푹 숙였다. 줄리앙과 스텔라는 바닷가와 나란히 있는 방파제 쪽으로 계단을 몇 계단씩 성큼성큼 올라갔다. 방파제에는 창문과 작은 커튼이 달린 간이 탈의실이 여러 개가 있었다.

줄리앙이 인사를 했다.

"잘 가! 난 옷을 갈아입어야 해서."

줄리앙은 스텔라를 남겨 두고 갔다. 스텔라는 탈의실로 들어가는 줄리앙을 멍하니 쳐다봤다. 당황한 스텔라는 혼자서 산책로를 올라갔다.

녀석들의 시선이……!

날 가까이에서 본 녀석들은 훨씬 더 별 볼일이 없다고 생각했을 거다. 내 짐작이 맞다. 지금 녀석들은 '쯧쯧, 수영도 할 줄 모르면서……' 하고 속으로 비웃겠지.

"그 여자 애는…… 끝내 줬지?"

녀석들 중에 한 명이 실실 웃었다.

창피해진 나는 얼굴이 새빨갛게 달아올라 그라들통 카페로 도망쳤다.

엄마 아빠가 없다! 벌써 카페를 떠났다.

스텔라는 기가 막혔다! 딸이 바로 오십여 미터 앞에서 물에 빠져 죽을 뻔했는데, 부모는 전혀 모르고 있었다니.

스텔라는 터덜터덜 집으로 갔다.

만약 내가 죽었다면 엄마 아빠의 표정이 어땠을까?

나는 걷는 내내 이 질문만 되씹었다. 그 생각에 괴로웠다.

거리는 한적했다.

올 여름은 비가 많이 와서 피서객들은 흥이 나지 않았다. 그 순간, 요란한 오토바이 소리가 생각에 빠져 있는 스텔라를 깨웠다. 줄리앙이 오토바이를 세웠다.

"타!"

스텔라는 머뭇거리지 않고 오토바이에 탔다. 바다에서처럼 줄리앙의 어깨를 붙들었다.

"어디에 살아?"

"티 뭐라고 하는 입구."

줄리앙은 출발했다.

그 당시에는 오토바이 헬멧을 꼭 착용해야 하는 건 아니었다. 차가운 바람이 내 귓전을 때렸다.

그 기분이 참 좋았다……

줄리앙은 티 코리강 정문에 섰다. 스텔라가 뒷자리에서 내리자 줄리앙이 말했다.

"오늘 밤에 파티가 있어. 너도 올래?"

뜻밖의 말에 스텔라는 어떻게 해야 할지 몰랐다.

"잘 모르겠어. 우리 부……."

스텔라는 얼른 입을 닫았다. 엄마 아빠를 들먹여서는 안 된다! 스텔라는 거절할 만한 적당한 핑계가 떠오르지 않아 승낙하고 말았다.

"좋아."

스텔라는 속으로 생각했다.

'이건 그냥 인사치레야. 꼭 안 가도 돼.'

"밤 9시, 라 팔레즈 14번 도로, 라 무에트야. 주소 기억할 수 있지?"

"응."

"그리고 내 성은 달마스야. 혹시 동네 이름이 생각나지 않으면……."

왜 이렇게 꼼꼼하게 설명하지? 스텔라는 불편해서 다시 말했다.

"안 잊어."

"그러면 좀 이따 보는 거다?"

"그래, 이따 봐."

스텔라는 너무 성급하게 쪽문을 미는 바람에 문이 손에서 빠져나가 담장에 쿵 부딪쳤다. 티 코리강에서 순식간에 붉은 손톱의 손이 나와 거실 커튼을 젖혔다…….

6. 이 거짓말 때문에
거짓말처럼 행복해졌다

"누구니?"

아니나 다를까 엄마가 물었다.

"친구예요."

"그렇지! 나도 네가 히치하이크를 해서 왔을 거라고 생각
안 했어!"

스텔라는 소름이 끼치는 걸 참았다(젖은 수영복 때문에 몸
이 얼어붙었다.). 엄마의 심문이 시작됐다! 이래서 스텔라가
어떤 초대에도 가지 않는 것이다.

"너 어디서부터 저 애랑…… 애 이름이 뭐니?"

"줄리앙이요."

스텔라는 단숨에 이어 말했다.

“저랑 같은 고등학교 다녀요.”

아빠가 말했다.

“세상에 그런 인연이!”

엄마도 놀랐다.

“그러니까 네 말은 여기서 저 애를 기적처럼 만났다는 거니?”

스텔라는 가짜 웃음을 지었다.

“네. 살다 보면 그런 일이 있잖아요.”

“몇 살이니?”

스텔라는 만일을 대비하여 대답했다.

“열여덟 살요.”

“같은 학년이 아니네.”

“네. 그냥 얼굴만 알아요.”

원래 난 거짓말쟁이가 아니었다.

그런데 그 순간에 태연하게 거짓말을 했다. 내가 왜 그랬는지 모르겠다. 솔직히 파티에 가고 싶은 것도 아니었는데…….

하지만 이 거짓말 때문에 거짓말처럼 행복해졌다. 순식간에 내가 내 인생을 새롭게 만든 것 같았다…….

진짜 인생보다도 더 마음에 들었다.

아빠가 다시 물었다.

"댄스파티? 그 애가 널 초대했어?"

스텔라는 고개를 끄덕였다.

엄마가 정정했다.

"댄스파티가 뭐예요! 우리 때는 무도회라고 했잖아요."

"하긴 무도회란 말이 훨씬 점잖지……."

아빠가 웃었다.

스텔라는 엄마와 아빠의 궤변에 어이가 없어서 잠자코 있었다. 스텔라의 파란 눈이 엄마에서 아빠로 옮겨 갔다. 부모가 허락하지 않을 수도 있다. 원칙적으로 밤에는 외출이 금지이기 때문이다! 그 생각에 스텔라는 벌써 화가 나기 시작했다.

"열여덟 살이라……."

엄마는 고민했다.

아빠가 거들었다.

"시인이 그랬지. 열여덟 살은 신중하지 못하다고……."

"그래! 그 또래 남자 아이들이 하는 생각은 딱 하나밖에 없지……. 너 그게 뭔지 알지!"

스텔라는 귀까지 빨개졌다. 그 말에 담긴 암시에 토할 것 같았다.

나는 기억한다……

어른들의 저의에 더 화가 났다. 내 인생에 이래라저래라 간섭하는 저 엉큼한 수법……

가구는 되는 대로 가져다가 구색을 맞춘 티 코리강 빌라에서 짝이 맞지 않는 의자에 부모 사이에 끼어 앉은 스텔라는 다시 어린애가 된 기분이었다. 스텔라가 여덟 살 때 스키가 너무 위험하다며 부모가 말려 스키 교실에 못 간 적이 있었다. (여러 사건 가운데) 갑자기 그 기억이 떠올라 스텔라는 폭발하고 말았다.

"저도 제 몸 하나는 지킬 줄 안다고요!"

"네가? 우리 불쌍한 아가가……."

그 순간 스텔라가 재채기를 했다.

"……이것 봐, 수영하더니 벌써 감기에 걸렸잖아."

엄마가 쯧쯧 혀를 찼다.

"아니에요! 옷을 갈아입으면 괜찮아요!"

"스텔라 말이 맞아, 여보. 이번 외출은 허락해 줍시다."

아빠가 중재했다.

스텔라는 훌쩍거렸다.

"다시는 허락해 달라고 부탁 같은 거 안 해요."

진심이었다! 엄마가 갑자기 양보를 했다.

"좋아. 그렇게 댄스파티에 가고 싶다면…… 가!"

스텔라는 방문을 닫고 빗장을 걸었다. 이제야 조용하다! 옷을 갈아입었더니 덥다.

숨을 들이마시니 가슴이 올라간다…….

솔직히 줄리앙 달마스 집에 가고 싶은 마음은 조금도 없다. 하지만…… 되돌리기에는 너무 늦었다! 어떻게 얻어 낸 허락인데, 오늘 밤 그냥 집에 있는다면 그건 패배나 다름없다! 그러면 또 되풀이되겠지. 엄마가 이기는 거다(거봐, 내가 뭐랬니? 그런 데 가 봤자 좋을 거 없어.).

스텔라는 울음이 터지려는 걸 꾹 참았다.

위고는 그렇게 됐는데, 사람들은 하나같이 한심하고, 하는 짓들은 유치하기 짝이 없다…….

나는 나지막이 읊조렸다. 위고는 죽었다, 죽었다, 죽었다…….

한 줄기의 눈물이 뺨을 간질였다. 부끄러웠다. 정말로 중요한 건 잠시 잊은 채 하찮은 일로 속을 태우다니…….

내 자신이 미웠다.

스텔라는 거울에 다가섰다. 너무 가까이 가서 입김에 거울이 뿐예졌다. 스텔라는 거울에 비친 자기의 입을 가만히 바라봤다. 입술은 빨갛고, 물보라를 맞아 부르트고, 반쯤 벌린 입술 사이로 네모반듯한 순백의 치아가 보인다……. 어린애 입 같다!

스텔라는 단 한 번도 남자의 키스를 받아 본 적이 없다.

위고…….

스텔라는 거울에 입술을 댔다. 입술 자국이 남았다가 금세 사라졌다.

맛을 느끼지 못하는 신비로운 유령이
음산한 발레, 불길한 춤을 추려고 한다.
그녀는 널 껴안고, 입 맞추고, 가슴으로 눌러 숨 막히게 하고,
손톱으로 할퀸다…….

스텔라는 티 뭐라고 하는 이곳에 올 때 비밀 공책도 함께 가져와 벽 한 면을 다 막은 브르타뉴 시골풍의 옷장 뒤에 숨겼다. 스텔라는 이리저리 주위를 살피며 슬그머니 공책을 꺼냈다.

스텔라는 엄마가 부를 때까지 글을 썼다.

"스텔라, 저녁 다 됐다아아아……!"

이 파렴치한 요정이 더러운 손으로

내 영혼을 구겼다.

요정의 이름은 불안이다…….

"아니, 너!"

엄마가 소리쳤다.

엄마는 눈이 동그래져 딸을 훑어봤다. 머리는 고슴도치처럼 비죽거리고, 안색은 창백하고, 바지는 돌돌 말려 있었다……. 스텔라가 좀 심했다!

"네가 방에 한참 있길래 치장하는 줄 알았는데……."

"아니요. 책 읽었어요."

"파티에 가면서 준비를 하지 않다니! 이곳에서 외출하는 건 처음이잖니!"

"전 영국 여왕의 초대를 받은 게 아니에요."

"그래도 그렇지!"

엄마는 반박했다.

엄마는 딸에게 쉽게 허락하는 만만한 사람이 아니란 사실을 잊은 채 딸이 신 나서 멋 내는 모습을 기대했다. 모래사장에서조차 하이힐을 신고, 늘 딱 달라붙는 치마에 풍만한 몸매를 자랑하는 금발 미녀인 엄마는 딸이 자기를 닮기를 바랐다. 아양을 떨고, 천박하고, 돈을 밝히는 엄마 같은 딸을 말이다. 하지만 그 바람은 날아갔다!

스텔라는 투덜댔다.

"이 정도면 됐어요!"

"뺨에 분이라도 발라. 네 얼굴을 좀 봐……! 꼭 장례 치른 애 같잖아……."

하마터면 난 '그래요. 내가 사랑한 애가 죽었잖아요.'라고 말할 뻔했지만 입을 잘 다물었다. 우리 부모님은 위고의 존재 같은 건 다 잊은 듯했다. 위고의 죽음도.

스텔라는 깨지락거리며 먹었다.

사실 스텔라는 집에 있고 싶었다. 어쩌자고 간다고 했을까! 줄리앙 달마스는 왜 스텔라를 초대했을까? 스텔라는 줄리앙에게 잘 보이려고 애쓰고 싶지 않았다. 하지만……. 식사를 끝낸 스텔라는 엄마의 성화에 못 이겨 여름휴가 때문에 일부러 산 요란한 꽃무늬 바지를 입고 말았다.

"참 예쁘네, 우리 딸!"

아빠가 칭찬했다.

마치 아빠가 내게 적선을 베푸는 것 같았다.

7. 남자 아이가
날 변호했다

"저기예요!"

스텔라의 부모는 스텔라를 라 팔레즈 14번 도로까지 차로 바래다줬다. 커브를 돌자 나무 사이로 허연 작은 탑이 보였다. 캄캄한 밤이었지만 창문마다 반짝이는 불빛과 벌써 정원을 가로질러 울리는 음악 소리로 쉽게 찾을 수 있었다.

"와! 집이 예쁘네! 성이나 다름없잖아!"

엄마가 호들갑을 떨었다.

스텔라는 겁이 나서 얼어붙었다. 떨리는 걸 겨우 참았다.

바보!

그깟 파티 때문에 겁먹다니! 나는 꽃무늬 바지를 입은 것부터 후회가 됐다. 새것이라 그런지 꼭 빌려 입은 것 같았다. 부자연스럽고, 우스꽝스러웠다.

스텔라는 짓눌린 목소리로 말했다.

"길모퉁이에 내려 주세요!"

스텔라는 엄마 아빠와 같이 온 걸 누가 볼까 겁났다. 아빠는 차를 세웠다.

"그래도 여기까지 왔는데, 줄리앙네 부모님은 만나야 하지 않을까?"

엄마가 고집을 피우자 아빠가 말렸다.

"그러지 마. 여름휴가까지 와서 파리에서처럼 굴지 말자고! 조만간 바닷가에서 만날 수도 있을 텐데 뭐!"

엄마가 삐쳐서 말문을 닫아 분위기가 냉랭해졌다. 엄마는 남편이 대놓고 딸 편을 드는 게 못마땅했다. 스텔라는 겁나는 것도 잊은 채 얼른 차 문을 열고 내렸다.

"다녀올게요!"

"11시 30분에 데리러 올게."

"네!"

대문이 반쯤 열렸다.

스텔라는 살금살금 정원으로 들어갔다. 여긴 정원이 아니

라 공원이었다. 임대한 스텔라네 집의 손바닥만 한 잔디밭과
는 비교도 안 됐다! 하늘에서 빠져나온 어둠이 덤불에 머물
렀다. 밤이 다가와 깨어난 꽃과 습지의 냄새가 사방에 진동
했다.

아름다운 장소였다.

스텔라는 그곳이 마음에 들었다. 그래서 관광 온 것처럼
천천히 걸었다. 서둘러 줄리앙을 찾지 않았다. 다른 아이들
도……. 됐다! 될 수 있으면 만나고 싶지 않다! 스텔라의 단
화 밑창 아래 조약돌이 잘그락거렸다.

하마터면 거기에 머무를 뻔했다. 움직이지 않고. 정원의 신비
로운 여왕, 짙어 가는 어둠 속에서 보이지 않는 요정처럼…….

스텔라는 한숨을 지었다. 11시 30분까지 밖에 있다면 감
기에 걸릴 뿐이겠지? 스텔라는 하는 수 없이 저택으로 향했
다. 그 길 끝에, 삼십여 미터 떨어진 현관 앞에 삼삼오오 무
리를 지은 검은 실루엣들이 보였다. 오늘 밤은 날씨가 (거
의) 개어서 밖에 아이들이 나와 있었다. 웃음소리가 퍼졌다.
왁자지껄 떠드는 소리가 배경 음악과 뒤섞였다.

그중에서 가장 뾰족한 소리가 스텔라의 귀에까지 들렸다.

"물에 빠진 애……? 걔가 온다고……?"

누군가 웃음을 터뜨렸다. 스텔라는 얼굴이 빨개져 멈칫 서버렸다. 물에 빠진 애…… 바로 스텔라가 얻은 별명이다! 스텔라는 재빨리 나무 뒤에 숨어 나무에 온몸을 기댔다. 마음을 진정시켰다. 이상하다…….

스텔라의 심장과 맞닿은 나무의 심장이 고동치는 것 같다.

"물에 빠진 애라니! 너희들 말조심해!"

줄리앙이 야단쳤다.

굵직한 웃음소리.

"아! 신사 분이 구해 줬지……."

"마음에 드시나 보네!"

"정신 차려! 우리가 챙길 애들은 저기 여자 애들이야!"

줄리앙이 소리쳤다.

"그만 해!"

소란. 잘그락대는 가는 자갈 소리. 으르렁대는 소리.

뾰족한 여자 애 목소리가 났다.

"야! 너희들 그만 싸워!"

나는 들었다. 나무의 심장 소리보다 더 이상했다…….

남자 아이가 날 변호했다.

스텔라가 어두컴컴한 길에 나타나자, 순간 모두 조용해졌다. 금발 머리에 창백하고 금방이라도 쓰러질 듯한 게…….

유령이다.

하지만 가까이 다가가자, 선명한 불빛에 실체가 드러났다. 겁먹어서 큰 눈이 더 커진 말라깽이 스텔라였다.

줄리앙이 말했다.

"안녕, 왔구나!"

스텔라는 어색한 미소를 지으며 다른 아이들은 옆에 없는 것처럼 (줄리앙에게만 들릴 정도로) 작게 인사했다.

"안녕!"

"스텔라, 뭐 마실래?"

스텔라는 어떻게 해야 할지 몰랐다.

줄리앙은 불이 켜진 지하의 열린 쪽문을 가리키며 말했다.

"여기 마실 게 많아."

줄리앙은 지하 계단을 내려가며 말했다.

"이리 와!"

스텔라는 줄리앙을 따라갔다. 다른 애들도 따라갔다. 파티는 그곳에서 열렸다. 줄리앙의 엄마는 거실은 빌려 주지 않았지만, 이 싸구려 홀은 허락했다.

이 넓은 홀은 오랫동안 사용하지 않아서 그런지 축축한 악취가 났다. 하지만 방해받지 않고 실컷 놀 수 있는 곳이었다. 천장에는 붉은색과 초록색의 램프가 반짝거렸다. 작고 둥근 의자에 놓인 테파즈(1960년대 전축 상표 : 원저자)에서 음악이 흘러나왔다.

가구는 하나도 없고, 캠핑용 탁자만 달랑 있었다. 그 위에는 칩이나 땅콩이 수북이 담긴 종이 접시 몇 개, 차곡차곡 쌓인 컵, 얼음 조각이 담긴 아이스 통, 사이다와 콜라 같은 색색의 음료 병이 있었다.

줄리앙은 스텔라에게 빈 잔을 건넸다.

"뭐 마실래?"

스텔라는 우물거렸다.

"별로 마시고 싶지 않아."

두 사람 주위에 있는 아이들은 접시마다 뒤적이며 이것저것 먹고 서로 음료를 따라 주며 킬킬 낄낄 시시덕거렸다. 스텔라 귀에는 음악에 녹아든 불분명한 웅성거림만 들릴 뿐이었다.

"춤출래?"

줄리앙의 목소리가 너무 커서 스텔라는 화들짝 놀랐다. 스텔라는 고개를 들어 줄리앙을 정면으로 바라봤다. 바닷가에서 봤을 때보다 더 커 보였다. 그 까만 눈에 야릇한 불꽃이

번득였다.

순간 위고의 눈이 떠올랐다……. 그 애의 눈은 엷은 보랏빛이 도는 푸른색이었고, 미소를 짓거나 담배를 피울 때마다 눈가에 살짝 주름이 졌는데. 그 모습은 마치 영화배우 같았다. 본인도 그렇게 보이길 바랐다…….

위고가 죽지 않고 살았다면 나중에 스타가 되지 않았을까……?

눈부신 위고의 얼굴은 이내 우락부락한 줄리앙의 얼굴과 뒤죽박죽이 되었다.

줄리앙과 춤추고 싶은 마음은 털끝만큼도 없었다…….

차라리 울고 싶었다.

스텔라는 입술을 지그시 깨물었다.

"난…… 춤을…… 못 춰!"

"그러니까 배워야지."

줄리앙은 스텔라를 끌었다. 스텔라는 뿌리칠 수가 없었다! 덩치 큰 사내의 기세에 눌려 잔가지가 된 기분이었다. 파티장 한가운데에 벌써 몇몇이 흐느적거리며 춤추고 있었다.

"슬로우야. 쉬워서 금방 배울 수 있을 거야."

줄리앙은 스텔라의 허리를 잡고, 스텔라는 줄리앙의 어깨에 두 손을 (간신히) 올렸다. 둘은 스텝을 밟기 시작했다. 스텔라는 진짜 춤을 못 췄다. 뻣뻣하고 어색하기 짝이 없었다.

하지만…….

줄리앙은 (은밀하게) 스텔라에게 다가오려고 했고…… 스텔라는 멀리했다. 줄리앙은 포기하지 않았다. 음악이 흐르는 내내 두 사람이 추는 슬로우는 마치 힘겨루기 같았다. 스텔라는 몸을 빼거나 피했다. 줄리앙은 스텔라의 허리를 더 세게 잡아당겼다. 하지만 스텔라는 또 거리를 뒀다.

줄리앙은 퉁명스럽게 말을 내뱉었다.

"네 말이 맞다. 춤은 소질이 없나 봐."

스텔라는 얼굴이 빨개졌다. 줄리앙도.

"미안해. 그렇게 말하려고 한 건 아닌데."

줄리앙은 말끝을 흐렸다.

스텔라는 크게 마음에 상처를 받았지만, 아무렇지 않은 척했다. 둘은 계속 '춤을 췄다'. 한 마디도 하지 않고…….

8. 내가 원한
남자 아이는 아니었다

나는 상대방의 발에 맞춰서 움직이려고 애썼다. 하지만 자꾸 틀렸다……. 완전히 망했다!

이런 시시껄렁한 파티부터 지겨워졌다!

줄리앙이 속삭였다.

"넌 참 묘해……."

스텔라는 경계의 눈초리로 쏘아봤다. 줄리앙이 해명했다.

"내 말은…… 넌 참 특별하다고. 다른 애들이랑 달라."

이게 칭찬인가? 그렇다면 아까 말실수를 만회하려는 거다! 스텔라는 대답하지 않았다. 줄리앙은 스텔라에게 고개를 숙였다. 두 사람의 뺨이 살짝 스쳤다. 스텔라는 흠칫 놀라 몸을 뒤로 뺐다. 줄리앙은 기분이 상한 것 같았다.

순간 음악이 빠른 템포로 바뀌었다.

스텔라가 말했다.

"미안. 록 음악은 더 못 춰."

"마음대로 해."

줄리앙은 스텔라를 놔줬다. 그 틈을 타서 연한 금발에 늘씬한 여자 애가 줄리앙의 목을 끌어안았다.

여자 아이는 교태를 부렸다.

"우리 춤출래?"

가소롭다. 여자 아이는 문어처럼 정신없이 몸을 배배 꼬았다! 스텔라는 저렇게 꼴사납게 되느니 차라리 노처녀로 늙어 죽는 게 낫겠다는 생각이 들었다! 스텔라는 탁자로 도망쳐 파티를 즐기는 척 자연스럽게 음료수를 마시려고 했는데, 콜라 병을 쏟고 말았다.

그것도 많이!

스텔라는 밖으로 도망쳤다.

난 투명 인간이라 지나가도 붙드는 사람이 없었다. 금발 미녀의 촉수에 둘둘 감긴 줄리앙도 내가 나가게 내버려 뒀다……

잘됐지, 뭐.

미련 없다!

스텔라는 몇 걸음 걸어 나왔다. 빛 무리가 집을 빙 둘러쌌다. 하지만 멀어지니 금세 어두워졌다. 비단이 바스락거리는 것 같은 소리가 절벽 밑에서부터 올라왔다…….

바다다.

바다가 가까이 있다. 스텔라는 바닷소리를 들었다.

지금 바다가 속삭이는 것 같다……. 진짜다! 바다가 되풀이해서 말했다.

위고오, 위고오, 위고오…….

바다의 숨결은 스텔라가 참고 있는 눈물처럼 동그란 '오'에서 끊어졌다.

난 얼른 손등으로 눈물을 훔쳤다. 누가 파티장에서 나왔다가 날 볼까 두려웠기 때문이다. 나는 어둠 속을 터덜터덜 발길 닿는 대로 걸었다. 덤불 사이에서 허연 게 보였다. 벤치다. 나는 벤치에 앉아 11시 30분까지 버텨 보기로 했다.

하지만 꽃무늬 바지 때문에 너무 추웠다.

스텔라는 밤하늘의 별들을 바라봤다.

여기 온 게 후회됐다. 티 코리강이었다면 공책을 꺼내 글을 쓸 텐데. 그러면 괴로움이 좀 덜해지지 않을까? 적어도 잠시라도 말이다.

나를 인도하는 별이 파도에 휩쓸려 죽었다.

구름에 내 빛이 조금씩 어두워진다…….

느닷없이 줄리앙의 목소리가 들렸다.

"스텔라아아아!"

스텔라는 벤치 위에서 웅크렸다. 줄리앙이 못 찾기를 바랐다! 하지만 정원 구석구석을 훤히 알고 있는 줄리앙이 스텔라를 못 찾을 리 없었다.

"깜깜한 데서 혼자 뭐 해?"

"생각하고 있었어."

"뭘?"

"그냥 뭐 아무 생각."

줄리앙은 더 묻지 않고 가만히 스텔라 옆에 앉았다.

"너 때문에 걱정했어. 집에 간 줄 알았잖아."

스텔라는 우물우물 대꾸했다.

"가면 간다고 인사했을 거야. 나 그렇게 버릇없는 애 아니야!"

스텔라는 분위기를 바꿔 보려고 말을 돌렸다.

"너…… 그…… 네 팬은 어디에 두고 왔어?"

"솔랑쥬? 손 씻으러 가서 그 틈에 나왔어."

줄리앙이 미소를 지었다. 스텔라는 줄리앙의 치아가 반짝

이는 걸 봤다. 사르르 닭살이 돋았다. 불안일까? 아니면 행
복일까? 모르겠다.

　밤에 남자랑 단둘이 있는 건 난생 처음이었다. 한편으로 마음
이 살랑댔다. 거의 행복하게 느껴졌다.
　그러나······.
　내가 원한 남자 아이는 아니었다······.
　내가 원한 남자 아이는 이제 영원히 함께할 수 없다.
　난 다시 눈물을 참으려 이를 꽉 깨물었다.

　줄리앙이 말했다.
　"난 이 어둠이 좋아."
　줄리앙의 손이 스텔라의 손에 스쳤다. 스텔라는 얼른 손을
뒤로 빼며 말을 더듬었다.
　"나······ 나도."
　줄리앙이 키스라도 하려고 한다면······. 스텔라는 소름이
끼쳤다! 다행히 줄리앙은 질문만 했다.
　"스텔라, 넌 앞으로 뭐 하고 싶어?"
　스텔라는 뜻밖의 질문이라 웃음이 나왔지만, 이런 얘기는
좋다. 그런데 스텔라가 단조로운 일상 말고 할 수 있는 게 뭐
가 있을까? 그 질문은 스텔라 자신에게 한 번도 해 본 적이

없었다. 스텔라는 어깨를 으쓱이며 건성으로 대답했다.

"글쎄. 고등학교 1학년이니까 2학년이 되겠지."

"너 공부 잘할 것 같아, 맞지?"

"응. 뭐 알아서 하는 편이야. 줄리앙은?"

"나는 에이치이시(HEC는 프랑스의 엘리트 교육 기관인 그랑제콜의 하나로, 전문 경영인을 양성하는 학교임 : 옮긴이) 시험을 준비할 거야."

"멋지네!"

스텔라는 시큰둥하게 대답했다.

침묵. 스텔라는 (희미한 빛에 겨우 보이는) 자기의 단화 끝을 물끄러미 내려다봤다.

"그러면 넌 바칼로레아(대학 입학 자격시험 : 옮긴이)를 친 다음에는 뭐 할 거야?"

"모르겠어."

글을 쓰는 게 꿈이었지만 비밀이었다. 그걸 줄리앙한테 얘기할 수는 없었다. 나는 잔뜩 경계를 했다. 그 말을 했다가는 줄리앙이 못 알아듣거나 나를 비웃을지 몰랐다.

"글을 쓴다고? 스텔라, 넌 네가 문학이랑 어울린다고 생각하니?"

줄리앙의 말이 들리는 듯 했다.

스텔라는 줄리앙을 힐끔 쳐다봤다. 아니다. 줄리앙은 무시할 애가 아니다. 그건 느낌으로 알 수 있다. 하지만 그래도 말하지 않았다.

줄리앙이 싱긋거렸다.

"너, 하고 싶은 게 있는데 그게 뭔지 말하기 싫은 거지? 분명해!"

"아니야."

"변호사, 지하철 운전사, 플로리스트……"

스텔라가 장난쳤다.

"사탕 가게 주인도 괜찮아!"

줄리앙이 웃었다. 스텔라도 따라 웃었다. 조금은 긴장이 풀려서. 둘은 눈길이 마주쳤다. 침묵. 줄리앙의 손이 벤치를 따라 슬슬 다가와 스텔라의 손을 잡았다. 스텔라는 소스라쳤다. 감전된 줄 알았다.

줄리앙이 힘 있게 말했다.

"가자!"

"어디?"

"가 보면 알 거야."

마음이 놓이지는 않았지만, 엄마가 그렇게 조심하라고 이르고 일렀지만, 그래도 나는 줄리앙을 따라갔다.

줄리앙을 믿었기 때문이다.

줄리앙이 날 살려 줬으니까…….

9. 마치……

줄리앙은 스텔라를 거의 그들의 키만큼이나 높은 울타리 안으로 데리고 갔다.

스텔라는 속으로 중얼거렸다.

'내가 미쳤나 봐…….'

잘 알지도 못하는 남자 아이와 단둘이 있다니……. 그것도 밤에. 사실 줄리앙 옆에 있어야 할 애는 솔랑쥬다. 스텔라가 아니다. 줄리앙이 착각한 게 아닐까……. 줄리앙은 대체 무슨 꿍꿍이속일까? 엄마가 말한 '그 속셈'일까? 그럴 수도 있겠지! 만약 그러려고 하면 어떻게 도망치지? 여기서는 아무리 소리쳐도 안 들린다.

스텔라는 멈칫 발걸음을 멈췄다.

줄리앙이 놀라 물었다.

"왜 그래?"

스텔라는 들릴락 말락 한 소리로 핑계를 댔다.

"11시 반이 된 것 같아. 부모님이 데리러 오신댔어."

줄리앙은 번쩍거리는 큼지막한 손목시계를 들여다봤다.

"걱정 마. 아직 시간 있어……."

뭘 할 시간이 있다는 걸까? 무슨 말이지? 스텔라는 다리의 힘이 쭉 빠졌다. 휘청거렸다. 줄리앙이 붙들었다.

"거의 다 왔어."

둘은 언덕길로 접어들었다. 자잘한 자갈들이 발밑으로 굴렀다. 찰싹찰싹. 파도 소리가 훨씬 가까워졌다. 바다 냄새가 절벽에 붙어 있는 짙은 고사리 향과 어울려 위에까지 풍겨 올라왔다.

"자, 다 왔어!"

나팔 모양으로 벌어진 길은 곶이 되고, 그곳에 작은 정자 한 채가 덩그러니 있었다.

줄리앙이 속삭였다.

"멋지지? 가 보자……."

가까이 보니 건축물은 흡사 네 기둥 위에 뾰족한 모자를 올려놓은 것 같다.

스텔라가 작은 소리로 말했다.

“되게 오래된 것 같네…….”

줄리앙이 말했다.

“맞아. 1900년에 지은 거야.”

“그때부터 너희 집 거였니?”

“응.”

둘은 정자 계단을 올라갔다. 안에는 정원 의자가 있었다.

“스텔라, 여기 앉지 않을래?”

“아니, 아니야.”

스텔라는 아까보다 덜 무서웠지만, 경계를 늦추지 않았다.

줄리앙이 말했다.

“여기가 내가 가장 좋아하는 장소야.”

스텔라는 줄리앙이 개인적인 얘기를 하는 것 같아 불편했다. 그래서 한 걸음 뒤로 물러났다. 줄리앙이 다가왔다.

그 순간, 구름 사이로 달이 불쑥 나타났다. 달빛에 바다가 반짝였다. 저 아래 만에는 작고 하얀 배가 말뚝에 묶여서 쿨쿨 자고 있었다.

줄리앙이 웃으며 말했다.

“내 요트야!”

줄리앙은 스텔라의 어깨를 잡았다.

“봐! 지금 우리는 이곳의 바닷가를 보고 있어.”

“초록 섬도!”

스텔라도 우물거렸다.

난 불편했다.

아니, 그보다 더 심하게 불편했다. 내 몸이 나를 막거나, 아니면 나를 배반할 것 같았다. 나는 얼어서 꼼짝도 할 수가 없었다. 줄리앙은 날 힘주어 잡았다.

살이 따끔거렸다.

줄리앙이 키스하려고 하자, 스텔라는 움찔했다. 둘의 시선이 교차됐다. 놀란 눈과 기겁한 눈.

줄리앙은 비아냥거렸다.

"너 정말 특이한 애야."

하지만 줄리앙은 (아까처럼 오래가지 않고) 금방 사과했다. 스텔라는 고개를 숙였다.

"집에 갈래."

줄리앙이 거칠게 물었다.

"내가 마음에 안 드는 거야? 그런 거야?"

그래, 마음에 안 든다. 하지만 그렇게 말하면 줄리앙이 괴로워할 것 같았다. 그래도 솔랑쥬가 있지 않냐고 대꾸하고 싶었지만 스텔라는 차마 대답하지 못했다.

"그게 아니라……."

스텔라는 말끝을 흐렸다.

둘은 나란히 서서 아무 말도 하지 않았다. 침묵이 흐르는 가운데 바다는 더욱 격렬하게 되풀이해서 말했다.

'위고오, 위고오, 위고오……'

그래서…….

……줄리앙이 날 어떻게 생각했는지는 모르겠다. 나는 줄리앙에게 위고의 죽음을 얘기했다. 마치 위고가 클라라가 아닌 날 사랑한 것처럼. 마치 우리가 사귄 것처럼.

마치…….

줄리앙은 말을 잇지 못했다.

"어떻게 그런 일이……."

진짜로 놀란 줄리앙은 다시 스텔라의 어깨를 잡았다. 하지만 아까와는 달랐다. 마치 오빠처럼. 줄리앙은 세 번째로 '미안하다.'고 사과했다.

줄리앙이 덧붙여 말했다.

"난 네가 관심을 끌려고 파티장에서 나간 줄 알았어. 그래서 따라왔던 거야."

스텔라는 피식 웃었다. 조금은 슬프게.

"말도 안 돼……."

"내가 알아들은 게 맞다면, 너한테는 그 애밖에 없구나."

"응."

긴 침묵이 흘렀다. 스텔라는 바다를 응시했다. 달빛이 스친 부분이 물결무늬처럼 찰랑대며 반짝였다.

줄리앙은 (주저하는 목소리로) 물었다.

"그러면…… 아까 오후에…… 그 애를 따라가려고 했던 거니?"

스텔라는 고개를 끄덕였다.

난 창피해서 숨이 턱턱 막혔다.

그 거짓말 때문에 난 다른 사람이 되고 말았다. 다른 사람의 인생을 훔쳤다. 그 사랑까지도…….

그리고 날 잘 모르면서 날 좋게 생각하는 남자 아이에게 거짓말을 했다. 날 바라봐 준 유일한 남자한테.

정말이지 난 한심한 애다.

스텔라는 와락 눈물을 터뜨렸다.

줄리앙이 달랬다.

"울지 마."

"어떻게 달리 할 수가 없었어."

"자, 자……."

줄리앙은 스텔라의 머리를 쓰다듬었다. 잠시 뒤, 스텔라는 코를 훌쩍이며 말했다.

"괜찮아."

스텔라는 불안한 기색으로 말했다.

"아무한테도 말 안 할 거지? 그렇지?"

"그래, 말 안 해. 약속해."

줄리앙은 스텔라의 손을 잡았다. 둘은 정자를 떠났다.

줄리앙이 조심스럽게 물었다.

"그 애…… 어…… 너랑 같은 반이었니?"

"아니."

거짓말을 할 때는 자세하게 설명하지 마라. 스텔라가 본 잡지 〈마리 클레르〉에서 그랬다. 둘은 가파른 비탈길을 다시 올랐다.

"그럼 같은 고등학교였어?"

스텔라는 마지못해 대답했다.

"응."

"그 친구는 왜 그랬던 거야?"

"몰라."

"내가 그 친구였다면……."

스텔라는 줄리앙의 말을 막았다.

"미안하지만 그만 얘기해. 괴로워."

“미안해.”

줄리앙은 다시 사과했다. 대체 몇 번째 사과인지, 이건 강박이다!

둘은 울타리 사이를 빠져나갔다. 정원에 이를 때까지 서로 한 마디도 나누지 않았다. 정문 앞에 서 있는 자동차 전조등이 밤을 밝혔다. 살았다!

스텔라가 소리쳤다.

“갈게…….”

줄리앙이 스텔라를 붙잡았다.

“내일 바닷가에서 보지 않을래?”

스텔라는 얼떨결에 “응.”이라고 말했다. 줄리앙은 스텔라와 작별 인사를 나눴다.

10. 난 나지막이
그 애의 이름을 불렀다

"파티는 어땠니?"

스텔라가 뒷자리에 타자마자 엄마는 기다렸다는 듯이 물었다.

"나쁘지 않았어요."

"재밌었니?"

"네, 네."

"아니, 얘, 코맹맹이 소리잖아. 감기 걸렸어?"

"아니에요!"

아빠는 시동을 걸었다. 자동차는 절벽을 따라 구불거리는 도로를 천천히 내려갔다. 그리고 엄마는 시시콜콜 캐물었다.

"널 정문까지 바래다준 키 큰 애가 줄리앙 달마스니?"

“네.”

“그렇게 잘생기지는 않았더라.”

“여보, 제대로 본 것도 아닌데, 어떻게 그런 식으로 말을
해?”

아빠가 나섰다.

“여보, 난 척 보면 알아!”

엄마는 스텔라를 돌아봤다.

“걔 아빠는 뭐 하시니?”

엄마는 늘 이런 식이다. 엄마 나름대로 까다로운 기준으로
딸의 친구들을 가른다. 엄마의 관심은 오로지 ‘좋은 집안’인
가에 있다. 엄마는 격이 있는 걸 좋아한다. 그렇지만 겉만 번
지르르해서는 안 된다. 균형 맞추기 참 힘들다. 스텔라의 친
구들은 한두 가지씩 결점이 있다. 너무 지나치거나…… 아니
면 너무 모자라거나. 그래서 스텔라는 친구를 제대로 사귈
수가 없다.

스텔라는 대충 대답했다.

“잘 몰라요.”

“전부터 알았다면서…….”

“그냥 얼굴만 안다고 했잖아요!”

“집을 봐서는 괜찮은 집안 같던데…….”

아빠가 대꾸했다.

“그게 뭐가 중요해? 애만 괜찮으면 됐지.”

엄마는 아빠의 말을 잘랐다.

“나 좀 물어보게, 당신은 가만히 있어.”

스텔라는 등받이에 기댔다.

“저 졸려요.”

스텔라는 하품을 했다.

앞자리에서 한숨 소리가 들려왔다.

“꼭 우연인 것처럼…… 피곤하다고 하네!”

나는 대답하지 않았다. 엄마의 질문을 피하려고……. 또 내가 거짓말을 했다는 사실을 잊으려고 자는 척했다. 벌써 거짓말 때문에 괴로웠다.

거짓말 때문에 무서웠다.

하지만 되돌리기에는 너무 늦었다…….

이 파렴치한 요정이 더러운 손으로

내 영혼을 구겼다.

요정의 이름은 불안…….

어둠이 방을 삼켰다.

나무 덧창으로 굳게 닫힌 방에는 아무 빛도 새어 들어오지 못하고 갈기갈기 찢긴 마음만 나뒹굴었다. 눈까지 이불을 끌어 올린 스텔라는 허공 한복판으로 떨어진 기분이었다.

여기서 빠져나갈 방법이 없을까? 아프다고 할까…… 파리로 돌아가자고 떼쓸까…… 엄마는 좋아할 거다. 하지만 아빠는 안 된다고 할 것이다! 빌라를 빌렸기 때문이다. 평범하기 짝이 없는 이 빌라에 비싼 돈을 들였기 때문에 예정된 날짜 전에 떠나는 건 있을 수 없는 일일 것이다. 레스토랑에서 접시에 남은 마지막 한 조각까지 남김없이 먹는 아빠 성격으로는 어림도 없다.

그리고 부모가 의사를 부른다면 스텔라의 꾀병이 들통 날 것이다. 현장에서 붙들린 현행범 신세가 되겠지!……됐다!

사실…….

가장 좋은 방법은 바닷가에 얼씬도 하지 않는 것이다. 줄리앙을 피하면 스텔라의 거짓말도 사라질 것이다. 줄리앙도 스텔라의 이야기 같은 건 (아마) 잊어버릴 것이다. 스텔라를 보지 못하면 줄리앙은 스텔라마저도 금방 잊을 것이다…….

그러면 다 잘 끝나겠지.

스텔라는 머리끝까지 이불을 끌어당겼다.

나는 중얼거렸다. 위고, 위고, 위고…….

내가 정말 거짓말을 했는지 잘 모르겠다.

그렇게 난 잠들 때까지 위고의 이름을 몇 번이고 나지막이 불렀다······.

스텔라 앞에 놓인 찻잔에서 김이 모락모락 피어올랐다. 스텔라는 눈을 내리깔고서 열심히 빵에 버터를 발랐다. 하지만 먹고 싶은 생각은 없다.

엄마가 물었다.

"오늘 아침에 바다에 갈 거지?"

그 말은 곧 '달마스네 아들이랑 만날 거지?'라는 뜻이다.

스텔라가 대답했다.

"아니요. 그냥 산책하고 싶어요."

"혼자서?"

"네."

"어머, 그러면 애야, 엄마 아빠가 같이 가 줄게!"

"괜찮아요."

엄마는 딸의 대답은 무시한 채 남편에게 말했다.

"우리 페로 기레(해수욕장과 항구로 유명한 프랑스 서북부 브르타뉴의 연안 도시 : 옮긴이)까지 가 보는 거 어때? 거기 예쁜 것 같던데······."

"여보, 당신 딸이 우리 없이 혼자서 산책하고 싶다잖아. 억지 부리지 마. 쟤는 여섯 살 꼬맹이가 아니야!"

엄마는 고집을 부렸다.

"이건 나이 문제가 아니야. 고독의 문제야."

스텔라가 대들었다.

"고독도 좋다면요?"

스텔라는 빵 한 조각을 깨물었다. 엄마는 입을 다물었다. 아마도 딸을 설득할 만한 결정적인 걸 찾고 있는 것 같다. 그래서 스텔라는 얼른 차를 마시고, 벌떡 일어나 나갔다.

"갈게요."

나는 나가기 전에 방으로 올라가 비치백을 챙겼다. 비치백 바닥의 나일론 안감을 일부러 뜯어 만든 곳에 비밀 공책을 숨겼다. 이 비밀 공책은 파리에서 티 뭐라는 데까지 여기에 숨어 여행했다.

손 아래로 공책이 만져지니 마음이 놓였다.

스텔라는 그 위에 수건을 눌러 넣었다.

스텔라는 반쯤 열린 거실과 식당의 문 앞을 지나면서 들뜬 목소리로 외쳤다.

"다녀올게요!"

대답이 없었다.

엄마는 토라졌고, 아빠는 신문에 빠졌다.

11. 정말 싫다,
저 두 인간

자유다!

게다가 오늘은 날씨도 맑다! 줄리앙을 만날지도 모른다는 걱정에 속만 태우지 않으면 (거의) 좋을 텐데…….

길에 나온 스텔라는 방향을 바꿔 정원 울타리 사이로 빠져나가는 꼬불꼬불한 오솔길로 갔다. 이 길을 따라가면 모래밭이 아주 협소해서 사람 발길이 거의 없는 생트 블랑딘느 만이 나온다.

이 작은 만은 바닷자락을 둥글게 감고 있어 밀물 때가 되면 마치 커다란 수영장이 된 듯하다. 하지만 썰물 때가 되면 광활한 갯벌만 남고, 소금기 밴 냄새가 진동하며 갈매기 떼들이 미끼 새처럼 여기저기 앉아 있다. 새들은 스텔라가 다가가도 푸드덕거리지 않았다.

신발이 갯벌 속으로 푹푹 빠져 드는 바람에 걷기가 힘들어 스텔라는 신발을 벗어 들었다. 저기 삼백여 미터 떨어진 방파제에 가면 아무도 스텔라를 찾지 못할 것이다! 줄리앙도, 어젯밤 파티장에 있던 애들도. 그 아이들과 다시 부딪친다면? 그런 끔찍한 악몽은 또 없을 것이다! 특히 솔랑쥬부터 나오는 악몽 말이다…….

스텔라는 질퍽거리는 진흙탕을 걸으면서 금발 문어의 행태를 곰곰이 생각해 봤다. 줄리앙의 애인인 게 분명하다. 그 애들이 무슨 관계이든 스텔라와 상관없다. 줄리앙한테 마음이 없으니까. 친절하기는 하지만, 위고에 비하면…….

위고만 한 애는 없다. 아무도.

그 생각에 내 마음이 무너졌다.

목표 지점인 해조류가 널린 자갈과 흙더미가 내 눈물 프리즘에서 흔들렸다.

스텔라는 방파제를 따라 올라갔다. 미처 멀리 빠져나가지 못한 바닷물이 방파제 저편에서 찰싹댔다. 스텔라는 돌아서서 말라빠진 소나무 밑에 기대어 앉아 가방에서 공책과 볼펜을 꺼냈다.

방파제에 부딪쳐 찰싹거리는 파도 소리가 듣기 좋았다. 슬프지만 마음을 진정시키는 소리다.

나는 정말이지 이렇게 아픈데 너는 아니니.
너는 사닥다리에서 떨어지면서 나를 허공에 내던졌어.
그래서 난 이렇게 부려져 영원히 떠도는 위성이 되었지.
내 기쁨은 네 말의 지옥 속에서 십자가를 진다…….

무슨 말을?
위고가 나한테 말을 건 적은 한 번도 없었는데. 하지만 자신의 부모님이나 클라라에게는 편지라도, 단 몇 줄이라도 분명히 남겼을 것이다. 난 알 수 없지만…….
위고는 뭐라고 썼을까? 자기의 죽음을 해명했을까?
글을 쓰니까 (위고에게 글을 쓰니까) 어쩐지 위고가 이해될 것 같다.

순간 스텔라는 소스라쳤다. 이 소리는……! 스텔라는 돌아봤다. 작은 요트 한 척이 다가왔다. 돛이 바람에 펄럭이다 쓰러졌다. 배가 뒤로 닿았다. 웃음소리. 두 사람이 물을 튀기며 배에서 내렸다. 여자 아이는 금발 머리다. 남자 아이는, 건장한 남자 아이는 배를 물가로 끌어당겼다. 작은 배는 축

축한 모래 위에서 삐걱거렸다.

줄리앙과 솔랑쥬다!

스텔라는 임시 피난처 밑에 몸을 잔뜩 움츠렸다. 재빨리 공책을 덮었다. 소리 나지 않게 아주 조심스럽게 공책을 가방 속에 숨겼다. 수건과 신발도 챙겼다.

그다음…….

스텔라는 두 사람을 힐끗 봤다. 솔랑쥬는 줄리앙의 허리를 붙잡고 귀에 속삭였다. 두 사람은 (아직) 말라깽이의 존재를 보지 못했다. 이윽고 두 사람은 눈을 감고서 키스를 했다.

스텔라는 그 틈을 타 맨발로 후다닥 바위를 뛰어내려 만으로 도망쳤다…….

숨이 막혔다.

어쩌자고 저런 애한테 내 얘기를 털어놨을까……. 벌써 저 계집애한테 다 말했겠지! 어젯밤에는 줄리앙이 아주 조금은 괜찮다고 생각했는데……. 그런데 지금은…….

정말 싫다. 저 두 인간.

갑자기 등 뒤에서 외치는 소리가 들렸다.

"스텔라아아아……."

"스텔라아아아……."

굵은 소리는 줄리앙이고, 뾰족한 소리는 솔랑쥬다. 스텔라는 더 속력을 내서 달렸다. 그러자 둘은 스텔라를 부르다 지쳐 포기했다.

침묵.

나는 사랑하기를 거부한다, 나는 살기를 거부한다!

나는 내 이상만 지닌 채 세상에 홀로 남는다…….

12. ······와 단둘이 남았다

"아니, 혼자서 산책한 게 별로였나 보네. 얼굴이 왜 그래!"

엄마가 말했다.

스텔라는 우물거렸다.

"그렇게 좋지는 않았어요."

"그래서······ 피곤하구나, 우리 아가!"

"그렇게 피곤하지는 않아요."

아빠가 일부러 들뜬 목소리로 외쳤다.

"오늘 밤 파티장에서 좋은 영화를 해 준대!"

스텔라의 얼굴이 환해졌다. 아주 조금.

당시 티 뭐라는 곳에는 제대로 된 영화관도 없고, 텔레비전도

없었다. 만약 텔레비전이 있다면 그것은 부의 상징이나 마찬가
지였다. 그러므로 '좋은 영화'를 볼 수 있다는 건 횡재나 다름없
었다.

그런데…….

줄리앙, 솔랑쥬와 그 한심한 녀석들이 올지도 모른다는 생각
이 들었다.

잠시 잊고 있던 위고도 떠올렸다.

스텔라는 표정이 어두워졌다.

"제목이 뭐예요?"

"'대탈주'야."

스텔라는 어깨를 으쓱였다.

"아! 벌써 봤어요."

엄마가 신이 나서 말했다.

"그럼 어때? 명화는 여러 번 봐도 돼! 엄마는 '바람과 함
께 사라지다!'를 다섯 번이나 봤는데, 볼 때마다 좋더라!"

"그렇지요. 하지만 남자들만 나오는 영화는…… 별로예
요!"

아빠가 짜증을 냈다.

"그럼 넌 페티코트가 더 좋단 말이냐!"

"네, 아빠. 전 그런 영화가 좋아요."

아빠는 폭발했다(스텔라가 원했던 거다.).

"그러면 집에 있어!"

엄마가 기겁해 소리쳤다.

"여보, 그렇다고 어떻게 어린 딸을 혼자 두고 가?"

스텔라가 부르짖었다.

"그럼 왜 안 돼요?"

스텔라는 눈을 흡뜨고 엄마를 쳐다보며 또박또박 말했다.

"전 '어린애'가 아니에요, 엄마."

"나한테 넌 영원히 애야."

엄마는 다정함이 촉촉이 묻어나는 눈빛으로 말했다.

스텔라는 엄마의 팔을 뿌리치며 도망쳤다.

오후 시간은 천천히 흘렀다.

나는 정원에서 햇살을 받으며 책을 읽었다. 무슨 책인지는 잊었다. 책장을 넘겼지만 다른 생각만 했다. 그러니까 내내 똑같은 생각만 했다. 시간은 끝나지 않을 것 같은 그날의 끝으로 향했다.

밤이 됐다. 결국 부모님만 파티장으로 떠났다……

내가 이겼다.

위고와 단둘이 남았다.

달이 엷은 보랏빛을 띠고서 차가운 수의를 입고서 울부짖는다.

한참을 떠돌던 별이 한밤에 빛을 잃는다…….

뜻하지 않은 충격에 힘을 잃은 대양이

회색 섬광에서 태어나기 시작한 새벽의 지친 외침에 구겨진다.

부르릉거리는 오토바이 소리가 났다.

스텔라는 침대에 책상다리로 앉아 글을 쓰고 있었다. 스텔라는 고개를 들었다. 딩동! 정원 쪽문에 달린 종이 흔들렸다. 스텔라는 일어나 까치발로 창가에 갔다. 투명한 레이스 커튼 뒤에 숨어서 밖을 내다봤다…….

줄리앙이다!

줄리앙은 정원으로 들어와 현관문 종을 눌렀다. 어떡하지? 줄리앙은 램프 불빛에 비친 스텔라를 알아보지 않았을까……?

스텔라가 소리쳤다.

"나가요!"

스텔라는 계단을 내려갔다. 하지만 문을 열기 전에 안전장치를 홈에 걸었다. 저런 애를 집에 들이면 안 된다.

스텔라가 말했다.

"안녕!"

줄리앙이 미소를 지었다.

"와, 철통 같은 집이네!"

열린 문 틈새로 보이는 스텔라의 눈은 더 커 보였다. 눈빛은 차갑고 경계를 늦추지 않았다.

"파티장 앞에서 네 부모님 차를 봤는데, 안에 네가 없기에 집에 있을 거라 생각했어."

스텔라는 퉁명스럽게 말했다.

"그래서?"

줄리앙이 대뜸 물었다.

"아침에 왜 도망쳤니?"

"너희들을 방해하기 싫었어. 너랑 솔랑쥬 말이야!"

말 한번 잘했다! 줄리앙이 얼굴을 붉혔다. 스텔라가 한 점 땄다. 줄리앙이 난처한 표정을 지으며 말했다.

"스텔라, 내 말 좀…… 그러니까…… 나랑 갈레트(브르타뉴 지방에서 유래한 팬케이크 형태의 빵 과자로 원형 또는 사각형 팬에 구워 내며 고기, 어류, 치즈, 햄, 계란 등을 곁들여 먹음 : 옮긴이) 먹으러 가지 않을래?"

스텔라는 어이가 없어 뭐라고 대답해야 할지 몰랐다. 줄리앙이 이어 말했다.

"영화 끝나기 전에 다시 데려다 줄게."

스텔라가 조롱하는 투로 물었다.

"솔랑쥬랑 같이?"

"아니. 걔는 영화관에 있어."

'그러니까 지금 줄리앙은 솔랑쥬 몰래 다른 여자를 만나러
온 거다……'

스텔라는 그렇게 생각을 정리했다. 점잖은 일은 아니지만
기분은 좋았다.

"좋아. 알았어. 기다려."

나는 전속력으로 달려 올라가 신발을 신었다. 공책은 옷장에
숨겼다. 다시 나오면서 힐끗 거울을 봤다. 내 눈이 반짝거렸다.

13. 그 애 이름이
조약돌처럼 나를 때렸다

오토바이를 타고 달리는 동안, 바람이 스텔라의 뺨을 세차게 때렸다. 줄리앙의 어깨를 꼭 붙든 스텔라는 (드디어) 삶 속에 들어간 기분이 들었다. 더는 삶 옆에 우두커니 있는 게 아니라 삶 속에 푹 빠져든 것 같다.

스텔라는 부모 몰래, 줄리앙은 솔랑쥬 몰래 나왔다. 둘 사이에 공통점이 생겼다. 스텔라는 용기를 내 조금 더 세게 줄리앙을 붙잡았다.

줄리앙은 다른 여자 애가 아닌 스텔라를 선택했다. 적어도 오늘 밤은.

스텔라는 줄리앙한테 관심이 있는 건 아니지만, 그래도 기분은 좋다.

티 뭐라는 이 마을 사람들은 죄다 영화 보러 가고 없었다. 라 볼레 카페는 거의 텅 비었고, 두세 탁자만 피서객들이 앉아 이 어울리지 않는 커플을 쳐다봤다.

누군가 말을 던졌다.

"서로 달라서 끌리나 보네."

스텔라는 얼굴이 화끈 달아올랐다. 줄리앙은 못 들었다(아니면 못 들은 척했다.).

줄리앙은 이 사람들에서 가장 먼 구석 자리로 스텔라를 데려갔다. 둘은 작은 탁자에 마주 앉았다.

줄리앙이 자연스럽게 말했다.

"능금주 마실래?"

"마음대로."

줄리앙은 여자 애들과 데이트를 많이 해 본 것 같았다. 딱 봐서 그랬다. 하지만 난 남자 아이랑 레스토랑에 온 게 처음이라 어떻게 해야 할지 잘 몰랐다. 난 콜라를 마시고 싶었지만 당당하게 말하지 못했다. 그때 갑자기 주인이 배경 음악 소리를 높였고, 샤를르 아즈나부르(프랑스 파리 출생으로 유명한 샹송 가수이자, 작곡가 겸 배우 : 옮긴이)의 탁한 목소리가 가게 안을 가득 메웠다.

'슬프다, 베니스여……'

줄리앙도 따라서 콧노래를 흥얼거렸다.

"우리의 사랑이 끝났을 때……."

스텔라는 불편해 시선을 아래로 떨어뜨리고 붉고 흰 체크 무늬 냅킨을 펼쳤다. 다행히 메뉴를 든 여종업원이 또각또각 뾰족한 굽 소리를 내며 다가왔다. 곱슬곱슬한 머리에 작게 각 진 트레고르 머리쓰개(브르타뉴 지방에서 여자들이 쓰는 전통적인 머리쓰개 : 옮긴이)를 쓴 모양이 우스꽝스러웠다.

줄리앙은 흥얼거림을 멈췄다.

줄리앙은 명랑하게 큰 소리로 인사했다.

"안녕, 이베트."

"안녕."

둘은 반갑게 인사를 나누었고, 여종업원은 메뉴를 받아 적었다. 스텔라가 결정을 못하자, 줄리앙은 해산물 갈레트 두 판을 시켰다. 여종업원이 멀어지자, 줄리앙이 해명했다.

"오래전부터 알았어."

스텔라는 고개를 끄덕였다. 달마스 집안은 이곳에서 유명한 것 같았다. 스텔라는 자기의 부모와 비교했다. 스텔라의 부모는 어디에서도 중요하지 않았다. 어디를 가도 눈에 띄지 않았다. 스텔라처럼…….

스텔라는 설레던 마음이 가라앉고, 입맛이 싹 가셨다(그리고 이미 저녁을 먹었다.). 스텔라는 이베트가 내놓은 접시를 혐오스럽게 바라봤다. 홍합과 칵테일 새우 냄새가 역겨웠다.

줄리앙은 좋아했다.

"맛있겠다."

줄리앙은 스텔라의 잔에 능금주를 따라 주고, 자기의 잔을 들어 올렸다.

"건배."

가소롭다.

스텔라는 웃지 않았다. 이 말을 줄리앙이 아닌 위고가 했더라면……?

위고…….

그 애의 이름이 조약돌처럼 나를 때렸다.

내가 데이트를 하고 싶은 애는 위고였는데. 그 첫 데이트를 얼마나 상상했는지 모른다. 마치 한 편의 연극 대사처럼 우리가 나눌 말들을 다 외웠는데.

그런데 그 데이트를 다른 남자 아이와 하고 있다나…….

"괜찮아?"

줄리앙이 물었다.

"어, 응."

"능금주를 안 좋아해?"

"아니, 아니야."

스텔라는 한 모금을 들이켰다. 열심히. 줄리앙의 까만 눈이 스텔라의 눈을 가만히 들여다봤다.

줄리앙이 조심스럽게 물었다.

"혹시…… 그 애 때문이야?"

스텔라는 눈을 깜빡이며 그렇다고 했다. 쓴 술 맛이 입 안에 확 퍼졌다.

"다른 생각을 하도록 노력해 봐."

"그게 안 돼."

스텔라는 줄리앙의 입맛도 떨어뜨렸다. 둘 앞에 놓인 해산물 갈레트가 싸늘하게 식어 갔다.

줄리앙이 말했다.

"먹어 봐. 식으면 맛없어."

스텔라는 포크를 들어 연체동물과 갑각류가 잠긴 하얀 소스를 조금 찍어 먹었다. 줄리앙은 다시 술을 마셨다.

"넌 아무것도 몰랐니?"

스텔라는 무슨 말인지 알아듣지 못했다. 줄리앙이 다시 말했다.

"사람이 그런 일을 저지를 때는 이상한 낌새를 보이잖아."

"아니야, 그렇지 않았어. 그 애는…… 생글거리고, 비웃기도 하고, 아무 거리낌 없이 행동했어. 평소와 다름없었어!"

스텔라는 애써 대답했다.

스텔라의 목소리가 갈라졌다. 스텔라는 입을 다물었다.

　내가 말한 위고의 초상화는 정확하지 않았다. 위고는 변장을 한 거나 다름없었다. 내가 절반은 모르는 얼굴 위에 덧칠을 했기 때문이다……

　난 위고를 묘사하면 묘사할수록 내게서 멀어진다는 사실을 깨달았다.

“편지라도 남겼니?”

줄리앙은 귀찮게 물었다. 그러나 스텔라는 화내지 않았다.

줄리앙은 스텔라가 위고를 사귀었다고 믿었다. 그래서 스텔라는 현기증이 났다. 그 사랑이 누구에게는 진짜였다……

스텔라가 대답했다.

“아니, 편지는 없었어.”

“그건 정상이 아니야.”

“나도 몰라.”

“그렇게 끝내는 건 정상이 아니야. 그 애한테 문제가 있었어!”

스텔라는 포크를 내려놓았다.

“그만 해! 그 애는 멋진 애야. 그런 애는 또 없어!”

줄리앙은 열 받아서 우적우적 갈레트를 먹기 시작했다.

"그렇겠지……. 하지만 걔는 그 일을 저지르는 마지막 순간에도 널 생각하지 않았어."

그건…… 사실이다! 최악은 그게 진실이란 거다.

"그 애도 어쩔 수 없었던 거야……."

스텔라는 말끝을 흐렸다.

난 울음이 터져 나오려고 했다. 왜 내 기분을 맞추다가 이렇게 집요하게 묻는지 몰라 당황스러웠다. 줄리앙은 대체 어쩌자는 것이었을까? 왜 날 괴롭혔을까? 그때는 몰랐다.

그 이유를 깨달은 건 한참 뒤였다.

줄리앙은 위고와 나 사이를 질투했던 거다.

스텔라는 아무렇지 않은 척 능금주를 홀짝거렸다. 거품이 얼굴 위로 올라와 참고 있는 눈물과 뒤섞였다.

레스토랑의 빛이 흔들렸다.

줄리앙이 말했다.

"갈래?"

14. 어서, 뭔가를
생각해 내야 했다!

줄리앙은 올 때보다 천천히 달렸다. 그래도 스텔라는 줄리앙의 어깨를 꼭 붙들었다. 여전히 고개는 돌린 채. 순간 웃음이 터져 나오려는 걸 간신히 참았다. 만약에 문어가 이 광경을 본다면……!

"그런데 솔랑쥬는?"

스텔라는 아무 생각 없이 큰 소리로 물었다(그놈의 술 때문이다.).

"뭐…… 솔랑쥬?"

"지금쯤 화났겠다!"

"신경 쓰지 마."

스텔라는 입을 다물었다. 둘은 티 코리강까지 아무 말도 하지 않았다. 스텔라의 2층 방만 불이 켜져 있다. 부모는 아직 돌아오지 않았다. 줄리앙은 속도를 줄이면서 오토바이를 세웠다. 스텔라는 내렸다.

"그게 걸리니? 난 솔랑쥬랑 결혼한 사이가 아니야."

줄리앙이 분명히 했다.

또 불편하다! 스텔라는 어쩔 줄 몰라 했다.

"그냥 웃자고 말했어."

"응."

줄리앙은 검지로 스텔라의 뺨을 쓰다듬으며 입술을 살짝 건드렸다. 스텔라는 뒤로 물러섰다.

"그 애랑 사귀었지. 하지만 끝이야……."

줄리앙이 중얼거렸다.

이게 무슨 말인가! 오늘 아침에 키스한 건 뭐람? 스텔라가 못 미더워하자 줄리앙이 덧붙였다.

"그러니까…… 끝난 거나 다름없어!"

"그게 나랑 무슨 상관이야?"

스텔라가 딱 잘라 말하자, 줄리앙이 미소를 지었다.

"어쨌든 오늘 밤 솔랑쥬는 오후에 파리에서 온 사촌 여자애랑 같이 있을 거야. 영화관에 간다고 해서 데려다 줬어."

……그러니까 줄리앙은 그 애들을 놔두고 날 보러 온 거다!

솔랑쥬를 버리고 온 건 알았지만, 여자 애를 두 명이나 한꺼번에 두고 온 줄은 몰랐다……! 기분이 좋았다! 나는 슬며시 미소를 지었다. 줄리앙이 맘에 드는 건 아니지만, 날 좋아해 주는 게 (꽤) 기분 좋았다…….

줄리앙은 스텔라의 손을 잡았다. 스텔라는 손에 경련이 나서 손가락이 오그라들었다.
줄리앙이 속삭였다.
"그 애를 잊어 봐. 알았지?"
"불가능해."
"노력해 봐."
"그러고 싶지 않아."
줄리앙은 스텔라의 손을 놨다.
"제기랄! 대체 그 녀석이 뭐가 그렇게 대단해?"

줄리앙은 화가 난 것 같았다. 나는 눈이 휘둥그레져서 줄리앙을 쳐다봤다. 어서, 뭔가를 생각해 내야 했다! 설명해야 했다. 이해될 만한 것으로.
그렇지 않으면 줄리앙이 눈치 챌 수 있었다. 내가…….

스텔라는 우물우물 입을 열었다.

"그 애는 시를 썼어⋯⋯. 멋지게."

스텔라는 얼굴이 벌게져서 고개를 숙였다.

"뿐만 아니라⋯⋯."

스텔라는 목소리를 짜내 공격적인 말투로 줄리앙의 얼굴
에다 내뱉었다.

"⋯⋯그 애가 나한테 시를 쓴 공책을 선물해 줬어."

스텔라는 홱 돌아서서 쪽문을 열고 집으로 달려 들어갔다.

줄리앙이 소리쳤다.

"잠깐만, 스텔라!"

문이 쾅 닫혔다.

나는 얼이 빠져 침대에 몸을 던졌다. 어쩌자고 그런 말을 했
을까? 나도 모르겠다⋯⋯.

내가 꿈꿔 온 건 내가 쓴 시를 위고에게 들려주는 것이었는데.

오토바이가 떠나는 소리가 들렸다. 부르릉거리는 소리가
멀어지다 안 들렸다. 잘됐다. 줄리앙을 다시는 보지 않으면
된다! 하지만 이게 어리석은 바람이라는 건 스텔라 자신이
더 잘 알고 있다. 스텔라는 얼른 옷을 벗고 불을 끄고 침대에
누웠다. 영화관에서 부모가 돌아왔을 때 스텔라는 잠들어 있
었다. 아니, 자는 척했다.

고통을 받아야만 할지라도, 내 부름에 대답해 줘.

죽어야만 할지라도……. 어쩌면 넌 그렇게 잔인할까?

오늘 밤 별들이 미치도록 우울하게 빛난다.

15. 위고는
내 것이었다

마이에 가족이 아침 식사를 하고 있는데, 오토바이 소리가
나더니 정원 쪽문의 종소리가 들렸다.

아빠는 딸에게 퉁명스럽게 말했다.

"집배원이거나 널 좋아하는 팬이겠지!"

아! 말도 안 돼!

스텔라는 따졌다.

"아빠는 무슨 근거로……."

(커튼을 열어 본) 엄마가 스텔라의 말을 잘랐다.

"어머, 그 애다! 달마스네 아들. 얘, 얼른 나가 봐!"

스텔라는 내키지 않은 표정으로 마지못해 정원에 나갔다.

오늘 아침, 스텔라는 안색이 좋지 않았다. 선명한 햇살에 스텔라의 얼굴이 더 창백했다.

"안녕, 스텔라."

"안녕, 줄리앙."

둘은 말없이 마주 보았다.

줄리앙이 먼저 말문을 열었다.

"괜찮아?"

"응."

"안 그래 보여!"

스텔라는 억지 미소를 지었다.

"아니야. 괜찮아."

나는 잠자코 있기로 마음먹었다. 줄리앙이 뭐라고 물어볼지 몰라 겁에 질려 있었다.

그리고…….

위고는 내 것이었다. 오직 내 것. 누구건 간에 더는 아무에게 도 말하지 않을 테다. 이것이 위고를 영원히 지킬 수 있는 나의 유일한 방법이었다.

"왜 왔어?"

스텔라가 줄리앙에게 물었다.

"점심 때 '우리'끼리 인적 없는 바닷가로 피크닉을 가려고 하는데, 너도 같이 가지 않을래?"

"어……."

'우리'라고 말해서 내키지 않았다. 지난 파티가 떠올랐다.

"솔랑쥬도 오겠네?"

"응. 파리에서 온 사촌도."

스텔라가 뚜하고 있자, 줄리앙이 덧붙여 말했다.

"전에 파티에서 봤던 애들도 좀 올 거야! 재밌을 거야!"

아니. 스텔라는 가지 않을 것이다. 스텔라는 슬쩍 줄리앙을 쳐다봤다.

"너도 알겠지만, 나는……."

그 순간, 엄마가 나타났다. 입술을 시뻘겋게 칠하고서.

"혹시 줄리앙?"

스텔라는 창피해 죽을 것 같았다.

"어머, 만나서 반가워요……."

엄마는 간드러지게 아양을 떨었다.

"아, 안녕하세요?"

줄리앙은 예의 바르게 굴었다.

줄리앙이 웃음을 참고 있는 게 분명했다. 삭삭 옷 스치는 소리가 요란한 실내복 차림의 이 풍만한 아줌마를 보고 웃지 않을 사람이 누가 있을까……. 꼴불견이 따로 없었다!

난 창피해서 얼굴이 납빛이 되고 꿀 먹은 벙어리가 되었다.

줄리앙이 물었다.

"스텔라한테 피크닉 같이 가자고 말하려고 왔어요. 스텔라
도 가도 되지요?"

엄마의 얼굴이 환해졌다.

"그럼 되고말고! 우리 딸 좋겠네! 그렇지? 스텔라?"

"그게……."

"꾸물거리지 말고, 얼른 준비해!"

줄리앙은 빙그레 웃었다.

"고맙습니다."

줄리앙은 다시 오토바이를 탔다.

줄리앙은 시동을 걸면서 큰 소리로 인사했다.

"그럼 스텔라, 이따 보자. 바닷가에서 만나!"

줄리앙은 한 팔을 들어 크게 흔들며 떠났다. 줄리앙이 보
이지 않게 되었을 때 스텔라가 입을 열었다.

스텔라는 눈물이 그렁그렁해져 소리쳤다.

"엄마가 왜 참견이에요! 난 가고 싶지 않단 말이에요!"

엄마는 고상하게 타일렀다.

"넌 노력을 좀 해야 돼! 자기 집 속에 갇혀 사는 소라게처
럼 굴지 말고! 그리고…… 저 애 매력적이더라!"

"저번에는 못생겼다고 했잖아요!"

스텔라는 울먹였다.

"난 잘생겼다고 안 했다……. 매력적이라고 했지. 혼동하지 마!"

엄마가 줄리앙을 이용해 스텔라의 기분을 망치려고 했다면 제대로 한 방 먹였다. 스텔라는 부모에게 잘 보여 점수 따는 매력적인 남자 아이 따윈 관심 없다.

위고는 유혹적이었는데.

이건 매력적인 거랑 또 다른 거다.

위고…….

16. 살다 보면
그런 일이 있잖아요

시간은 도둑처럼, 잔인한 산적처럼 웅크린 채
우리 속에서 팔딱인다. 우리에게 가장 아름다운 시간의
이 여왕의 시간, 푸름의 시간, 새큼함의 시간의
은빛 웃음을 오직 과거에만 남겨 둔 채⋯⋯.

저 애들이 내 머릿속에 갇혀 있는 이 말들의 향연을 안다면
기절초풍하겠지! 난 바닷가 난간에 매달린 (줄리앙은 빼고) 한
심한 애들을 경멸의 눈초리로 바라보며 나아갔다.

사실 나는 저 애들보다 한 수 위인 게 있었다. 그건 아름다운
것을 글로 쓸 줄 아는 재주였다.

하지만 그게 무슨 소용일까? 저 애들은 그걸 결코 알지 못할

텐데…….

　스텔라는 엄마가 콜라 병과 샌드위치를 잔뜩 싸 준 무거운
배낭을 다시 어깨에 올려 멨다. 이 피크닉이 점점 더……. 웃
기게 느껴졌다!
　하지만…….
　스텔라가 아무 데나 숨어 버린다면?
　스텔라가 가지 않으면 스텔라의 팬은 포기하고 친구들과
떠나겠지. 그러면 친구들은 비웃을 것이다.
　"야, 네 물에 빠진 친구가 이번엔 제대로 빠졌나 보다!"
　그리고 모두 저 오솔길로 걸어가면서 스텔라 같은 건 금방
잊고 말 것이다.
　그래, 가지 말자!
　스텔라는 금방이라도 도망치려고 했다. 하지만 평평한 땅
한복판에 선 스텔라는 마치 거울에 붙은 파리처럼 눈에 확
띄었다.
　스텔라를 알아본 줄리앙이 양팔을 흔들며 외쳤다.
　"스텔라아아아!"
　줄리앙 옆에는 안 봐도 뻔한 솔랑쥬가 있고, 두세 명의 남
자 아이와 여자 애들 몇 명이 있었다.

나는 놀랐다.

'애들이 너무 많잖아. 어떻게 하지?'

엄마가 원망스러웠다. 줄리앙도, 금발 문어도 원망스러웠다. 순간……

여자 애들 중에 한 명이 날 보며 피식 웃었다.

나는 기겁해 돌처럼 굳어 버렸다.

스텔라는 손으로 눈을 가렸다.

진정하자. 이런 일은 있을 수가 없다. 이걸 두고 환영이라고 하지.

스텔라는 지난번 엄마한테 줄리앙을 같은 학교 애라고 둘러대며 했던 말이 생각났다.

'살다 보면 그런 일이 있잖아요……'

그래, 그렇지.

스텔라는 로봇처럼 뚜벅뚜벅 클라라에게 걸어갔다.

그 뒤로 난 종종 악몽을 꿨다. 그때만큼 끔찍했던 일은 또 없었다. 클라라가 여기 티 뭐라는 곳까지 올 줄이야! 나는 클라라에게 다가가 인사를 했다. 달리 어떻게 해야 할지 몰랐다.

"아니, 네가 우리 사촌을 알아?"

솔랑쥬가 깜짝 놀랐다.

애들 얼굴 위로 하늘이 자빠졌다.

더는 아무 소리도 들리지 않았다.

스텔라는 눈을 떴다.

그라들롱 카페 의자에 앉아 있었다. 젤테르수(독일산 천연 광천수 : 옮긴이)가 스텔라 얼굴에 온통 뿌려졌고, 줄리앙 손에 사이펀 병(젤테르수를 넣는 병 : 옮긴이)이 들려 있었다.

줄리앙이 걱정스러운 눈으로 봤다.

"좀 괜찮아?"

"어……."

스텔라는 어물거렸다.

"내가 왜 여기에 있어?"

솔랑쥬가 대답했다.

"너 기절했었어."

애들이 모두 스텔라 주위에 있었다. 클라라도. 스텔라는 감히 클라라를 쳐다보지 못했다. 클라라가 분명히 자기 사촌에게 말했을 것이다. 혹시 다른 애들한테도……? 그럼 벌써 다들 위고 얘기를 알까? 그렇다면…….

망신이다!

줄리앙도 다 알았겠다.

줄리앙이 말했다.

"집에 가는 게 좋겠어. 내가 데려다 줄게."
"아, 아니야!"
스텔라는 어색한 미소를 지었다.
"너희들과 같이 있고 싶어."

솔직히 난 사라지고 싶었다. 티 코리강에 처박혀서 모조리 잊고 싶었다. 맨 먼저 클라라부터. 하지만 한편으로는 거기에 남아서 클라라가 뭐라고 말하는지 듣고 싶었다. 필요한 경우, 변명이라도 해서 날 지키려고 말이다.

"이제 괜찮아."
스텔라는 풀기 없는 목소리로 말했다.
"정말?"
"응."
스텔라는 일어났다.
"원래 종종 이래."
클라라가 말했다.
"학교에서는 그런 적 없었잖아."
햇살 아래 클라라는 눈부시게 예뻤다. 클라라의 긴 금발은 마치 후광 같았다……

나는 클라라의 머리끄덩이를 쥐어뜯고 싶었다!

클라라는 위고가 죽지 않은 것처럼 생글거렸다. 저 애는 내게서 위고의 환영을 훔쳤다.

쟤는 그러려고 나타난 것이다…….

스텔라는 클라라를 쏘아봤다.

"집에서는 그래."

줄리앙이 말했다.

"자, 자, 우리 여기서 시간 보낼 거 아니잖아. 스텔라도 괜찮다니, 이제 가자!"

그들은 떠났다. 스텔라는 줄리앙 옆에서 걸었다. 듬직한 줄리앙이 스텔라를 지켰다.

언제까지일까?

17. 그 말에 줄리앙이
다 눈치 챈 걸 알았다

인적 없는 바닷가는 그야말로 횅했다. 어느 부동산 개발 업자도 바람에 뒤틀린 소나무, 모래 언덕과 가시양골담초가 듬성듬성한 이 사막 같은 곳에 투자하려고 하지 않았다. 순백의 모래톱은 아름답고 매우 평평했다. 그날은 썰물 때라 보기 흉한 바위 덩이들이 멀리까지 적나라하게 드러났다.

클라라가 소리쳤다.

"어머나! 꼭 달에 온 것 같다!"

난 클라라가 미웠다. 클라라는 입 다물고 잠자코 있어야 했다. 상복이라도 입든지. 하지만 클라라는 기분이 좋은 것 같았다. 농담까지 하니 말이다……

스텔라는 충격을 받았다.

다른 사람은 고통조차 느끼지 않다니. 그래도 클라라는 괴로울 줄 알았는데, 전혀 그렇게 보이지 않았다.

클라라는 바위에 올라가서 관심을 끌려는 듯이 제안했다.

"저기 바위 위에 올라가 볼까?"

(곧 밀물 때가 되어서) 사촌인 솔랑쥬가 반대했다. 하지만 뭔가 암시하는 듯한 무거운 목소리로 덧붙여 말했다.

"그래야 네 기분이 나아진다면야……."

클라라는 씁쓰레하게 웃었다.

"내 기분이 나아져? 너도 참……."

다른 애들은 무슨 영문인지 몰라(아니면 자조적인 말투에서 이상한 낌새를 눈치를 채고는) 클라라를 바라봤다.

클라라는 어깨를 으쓱였다.

"말하는 편이 낫겠다. 이 자리에 아는 애가 있어서 말이야, 숨길 수도 없어."

스텔라는 얼굴을 붉히며 들릴락 말락 한 소리로 반박했다.

"무슨 소리야? 난 그럴 마음은……."

스텔라는 숨이 막혔다. 줄리앙은 놀란 눈으로 스텔라를 쳐다봤다.

클라라가 말했다.

"누가 알아? 뒤에서 수군대는 말이 얼마나 많았는데."

참다못한 남자 아이 한 명이 소리쳤다.
"너희들 대체 무슨 얘기하는 거야?"
"자살했어. 내……."

순간, 잠시 나는 귀가 먹은 듯했다. 내 두 귀는 말벌 떼처럼 윙윙거렸다. 나는 클라라 입술이 움직이는 것을 봤지만 무슨 말을 하는지는 하나도 안 들렸다.
한 줄기의 눈물이 클라라의 뺨을 타고 흘렀다…….

스텔라도 울고 싶었다. 클라라보다 더. 수천 배 더 크게. 아니, 차에 치여 등뼈가 부러진 개처럼 죽어라 울고 싶었다.
스텔라의 꿈이 산산조각 났다.
스텔라는 다리 힘이 풀려 모래밭에 주저앉았다. 다른 애들도 스텔라를 따라 주저앉았다. 클라라만 남기고.

내 눈에는 여배우가 자기의 대사를 읊는 것 같았다. 하지만 내가 대신할 수는 없는 자리였다…….

클라라의 말이 끝나자, 하나 둘씩 어렵게 질문을 했다.
"걔한테 무슨 일이 있었던 거야?"
"걔는 어쩌자고 그런 짓을 했어?"

"편지는 남겼어?"

난 아이들의 호기심이 비정상적이고 불건전하며 역겹게 느껴졌다. 클라라가 떨리는 목소리로 '그 일에 난 아무 책임이 없어……'라고 되풀이하는 것만큼이나 형편없어 보였다.

그리고 클라라 대답에서 그려진 위고의 모습은 내가 좋아하는 위고와는 많이 달랐다. 클라라가 말한 위고는 자기 자신에게 만족하지 못하고, 유급해서 상처 받고, 사는 것이 겁나는 애였다…….

하마터면 난 소리 지를 뻔했다.

"거짓말이야!"

침묵. 팽팽한 긴장감이 감돌았다.

스텔라의 눈은 멍하니 폴짝거리는 모래 벼룩을 따라갔다. 클라라는 고개를 숙이고 모래밭에 아무렇게나 낙서를 했다. 그 모습을 솔랑쥬가 비극에서 나오는 주인공의 절친한 친구처럼 불쌍하게 바라봤다. 다른 애들도 동정 어린 눈빛으로 바라봤다. 줄리앙만 빼고. 줄리앙은 생각에 잠겨 수평선을 경계 짓는 푸르스름한 선만 응시했다.

갑자기 줄리앙이 물었다.

"네 남자 친구가 시를 썼니?"

그 말에 난 줄리앙이 다 눈치 챈 걸 알았다.

클라라는 놀란 표정을 지었다.

"걔가 시를 써? 말도 안 돼! 국어하고는 담 쌓은 애였어!"

솔랑쥬가 말했다.

"자자, 이제 그만 하고, 다른 거 하자! 우리 바위에 가 볼까…… 아니면 뭐 할까? 난 여기 별로 맘에 안 들어……."

의견이 분분했다. 찬성하는 애들과 반대하는 애들. 하지만 줄리앙과 스텔라는 아무 말도 안했다. 스텔라는 일어나 배낭을 챙겼다.

스텔라가 어물거렸다.

"난 그만 갈게."

줄리앙이 대꾸했다.

"마음대로."

"안녕!"

스텔라는 애써 태연한 척하며 아무한테나 던지듯이 인사를 했다.

스텔라는 떠났다. 스텔라가 떠나자마자 쑥덕대는 소리가 들렸다.

"쟤 이상해……."

솔랑쥬가 흉을 봤다.

클라라가 맞장구쳤다.

"맞아. 너희들 그거 모르지? 우리 반에서 재만 장례식에
안 왔어……."

클라라가 날 흉보든 말든 난 상관없었다. 하지만 줄리앙까지
그럴 거라고 생각하면 온몸에 힘이 쭉 빠졌다. 이제 겨우 친구
가, 진짜 친구가 생길 뻔했는데. 난 줄리앙을 잃었다. 내 잘못
때문에.

가로수 거리에 피가 내린다.
지나가는 사람들 위로 피가 흩뿌린다.
구름에서 떨어진 공포의 물보라
자, 이것이 텅 빈 시간의 불안이다…….

18. 이제 나는
아무것도 없다

스텔라의 엄마는 아침상에서 티 포트 너머로 남편에게 속삭였다.

"당신이 보기에도 애가 줄리앙 달마스랑 무슨 일이 있었던 것 같지?"

3일째, 그러니까 예상보다 일찍 피크닉에서 돌아온 뒤로 스텔라는 방에만 처박혀 지냈다. 밥 먹을 때만 겨우 나왔다. 엄마는 그 속사정을 캐내려고 애썼지만 번번이 실패했다. 하지만 굴하지 않고 지겹게 물었다. 엄마는 티 뭐라는 곳의 '귀족'과 친분이 생기는 줄 알고 좋아서 설쳤는데 딸을 보니 잘 안 된 것 같아 속이 상했다!

아빠가 심각한 표정으로 말했다.

"저건 딱 한 가지 경우야! 그 자식이 우리 딸 엉덩이를 만지려다 우리 딸한테 망신을 당한 거지!"

엄마가 꽥 비명을 질렀다.

"여보, 무슨 소리야!"

"현실적으로 그렇잖아. 그 녀석도 안 보이고. 남자 자존심에 상처를 입어 단단히 화가 났겠지."

"……불쌍한 우리 딸, 어쩌면 좋아. 당신 말이 맞아. 그랬을 거야. 하지만……."

자박자박 발걸음 소리가 들려 엄마는 얼른 입을 닫았다. 스텔라가 계단을 내려왔다. 엄마는 아무렇지 않은 척 토스트를 집어 열심히 잼을 발랐다. 딸이 부엌에 들어왔다.

"엄마, 아빠, 안녕히 주무셨어요?"

"아이고, 우리 딸! 너 주려고 만들었는데, 딱 맞춰 왔네!"

엄마는 호들갑을 떨었다.

"배고프지 않아요."

아빠가 나섰다.

"식욕은 먹어야 생기는 거야. 좀 먹어 봐. 너는 지금 너무 말라서 벽과 벽지 사이를 지나갈 정도야."

스텔라는 퉁명스럽게 말했다.

"그랬으면 좋겠어요."

그냥 사라졌으면.

그래, 난 기억한다······.

난 사라지고 싶었다. 어디로 가야 할지, 어떻게 해야 할지 몰랐지만······ 그저 사라지고 싶었다. 이 사람들을 더는 보고 싶지 않았다. 클라라는 내게서 또다시 위고를 빼앗았다. 나는 줄리앙을 실망시켰다. 그리고 다른 애들은 날 비웃었다. 난 매달릴 데가 아무 데도 없었다.

내게 남은 건 시밖에 없었다.

하지만 시만으로는 살 수가 없었다.

나는 사랑하기를 거부한다, 나는 살기를 거부한다!

나는 내 이상과 함께 세상에 홀로 남는다······.

"날씨가 또 안 좋네! 무슨 여름휴가가 이래! 여보, 난 솔직히 지겨워지기 시작했어!"

엄마는 창밖을 응시하며 투덜댔다.

스텔라도 밖을 바라봤다. 하늘은 온통 잿빛이었다. 흐린 하늘이 풍경을 무겁게 내리눌렀다. 가랑비가 창문에 흩뿌렸다. 지난번 초록 섬에 가려고 했던 날이 떠올랐다.

나는 생각했다. 바닷가에는 아무도 없을 거야.

"저 수영하러 갈래요."

스텔라가 뜬금없이 말했다.

"뭐라고? 이 고약한 날씨에 어딜 간다고?"

엄마는 놀라서 사레가 들렸다.

"왜요? 저 그렇게 약해 빠진 애 아니에요."

"매번 그 소리지."

아빠는 프랑스 서부 지도를 펼치며 아빠의 생각을 말했다.

"당신 딸이 그렇게 수영하고 싶다니, 내버려 둬!"

"그래도 오늘은 안 돼. 날이 아니야."

"쟤 일이야. 참견 마."

엄마가 아빠를 째려보자, 아빠가 반격을 했다.

"당신은 애가 자기 방에서 나온 것만으로도 좋아해야지!"

아빠는 짜증을 냈다.

"남들 자식은 너무 놀아서 걱정인데, 우리 자식은 나가 놀라고 우리가 부추겨야 하잖아. 당신은 이게 정상이라고 생각해?"

스텔라는 낮은 목소리로 자기를 변호했다.

"다 생긴 대로 사는 거죠, 뭐."

줄리앙이 나한테 위고의 태도가 정상이 아니라고 말했던 게 생각났다.

위고도, 나도 정상이 아니니 우리 둘도 조금은…… 닮지 않
았나?

닭살이 돋았다.

위고…….

클라라 때문에 망가진 위고의 이미지가 다시 멋있어졌다. 찢
겨지고 흩어진 사진 조각조각을 내가 다시 맞춘 것만 같았다.

종잇장 구기는 소리가 났다.

"어, 여기 만조 시간표가 나오네!"

아빠는 시간표를 읽고는 스텔라를 보며 웃었다.

"지금이 만조네."

"그러면 수영하기 더 좋아요!"

찬물을 끼얹은 듯 조용해졌다(은근히 딸을 말리려던 아빠
의 수가 먹히지 않았다.). 엄마는 한숨을 푹 내쉬었다.

"이건 정말 정신 나간 생각이야! 그래야 네 기분이 나아진
다고 해도 말이야……."

스텔라는 대답하지 않았다.

나는 겁이 났다. 이젠 다른 사람들과 겨루지 않을 것이다. 하지
만 내 자신과 겨룰 것이다. 솔직히 이게 훨씬 어렵지만 말이다.

스텔라는 나갔다.

이번에는 비밀 공책을 가져가지 않았다. 공책은 은신처에, 옷장 뒤에 남겨 뒀다.

19. 아무도 필요 없어

스텔라의 생각이 맞았다. 바닷가는 텅 비어 있었고 바람만 제멋대로 휘휘 불었다. 사나운 회색 물결이 탈의실이 있는 방파제까지 차올랐다. 초록 섬은 저번보다 더 멀어졌다.

스텔라는 한 걸음 물러섰다.

초록 섬을 보니 덜컥 겁이 났다. 초록 섬은 갈 수 없는 금기의 나라 같았다. 중세 이야기에서 현실의 경계선에서 불쑥 나타난 신비롭고 을씨년스런 장소같아……

나는 포기할 뻔했다.

하지만 이번에 정말로 저기까지 못 간다면, 내 자신에게 부끄러울 것이다. 다른 사람이 그랬듯이, 내가 날 비웃을 것이다.

나는 옷을 벗었다.

스텔라는 옷을 둘둘 말아 화강암 방파제 위에 뒀다. 물가
에 다가가자, 모래 섞인 바람이 다리를 때렸다.
스텔라는 양팔을 벌리며 나지막이 외쳤다.
"나는 검은 대양으로부터 멀리 날아가고 싶었다⋯⋯."
자기의 시가 힘이 됐다. 스텔라는 나머지 문장도 외쳤다
(스텔라밖에 없기 때문이다.). 구절구절마다 바람에, 세차게
철썩이는 바닷소리에 알알이 흩어졌다⋯⋯.
"하지만 썩어 가는 진흙 덩이가 내 날개에 끈적끈적하게
달라붙었다. 내 눈은 순수한 이상을 향했다. 하지만 현실은
내 눈동자를 더럽혔다."

허공에 던져진 스텔라의 문장들은 마력을 띠었다. 스텔라
는 이 시가 꽤 아름답게 느껴졌다. 마치 자기가 쓴 시가 아닌
것처럼. 스텔라가 공부 말고도 잘할 수 있는 게 있다는 증거
다. 어쩌면 언젠가 (스텔라의 공책이 세상에 드러나면) 스텔
라도 문학 책에 이름이 올려지지 않을까⋯⋯?
스텔라는 되풀이해서 외쳤다.
"나는 검은 대양으로부터 멀리 날아가고 싶었다⋯⋯."
이윽고 스텔라는 얼음장처럼 차가운 물속으로 들어갔다.

파도에 쓸려 갔다 되돌아오는 자잘한 자갈 위로 미끄러지듯이 걸었다. 더 높은 파도가 밀려와 부딪치며 물보라가 일었다. 스텔라는 발이 닿지 않자, 평영으로 헤엄치기 시작했다. 서두르지 않았다. 초록 섬만 응시했다. 스텔라는 여유를 가지고 천천히 헤엄쳤다. 스텔라는 웃고 싶었다…….

(클라라가 맨 앞에 서 있는) 한심한 무리가 스텔라를 본다면……!

다시 생각했다.

아니다. 그 애들은 감탄하며 내게 환호하지 않을 것이다.

내 도전을 이해하지 못할 테니까. 오히려 날 이상하게 여기겠지. 그래, 그럴 거다. 솔랑쥬의 생각이랑 똑같을 거다. 분명하다. 심지어 줄리앙까지도. 이 고약한 날씨에 무인도까지 헤엄을 치다니, 제정신이야! 다들 그렇게 흉보겠지.

나는 이 세상에 (작지만) 내 자리가 있다는 걸 확인하기 위해 싸우는 거다. 이 싸움에서 내가 이길 수 있을까? 나도 모르겠다.

'내가 진다면?'

스텔라는 생각했다.

그러면…… 삶도 그 자리에서 끝날 것이다. 그렇게 끝난 위고의 삶처럼. 그건 삶이 스텔라도 원치 않는다는 뜻일 테니까.

나를 인도하는 별이 파도에 휩쓸려 죽었다…….

생각에 푹 빠져 있던 스텔라는 큰 파도가 닥쳐 오는 걸 보지 못했다. 스텔라는 파도를 얼굴 정면으로 맞고 숨이 막혀 팔다리를 마구 휘저었다. 콜록거리고, 침을 뱉고, 딸꾹질을 했다.
그리고 다시 헤엄쳤다.
몇 번 팔을 저었다……. 순간 스텔라는 안개가 내리고 있다는 걸 깨달았다. 안개는 스텔라를 기다렸다는 듯이 얇은 거미줄처럼 초록 섬 주위에 내려앉았다. 마치 섬을 가두려는 듯이…….
스텔라는 뒤돌아봤다. 안개는 뒤에도 내려앉았다. 벌써 바닷가, 방파제, 산책로 난간까지 뿌예졌다……. 지난번처럼!
아니, 지난번보다 더욱더 지독했다. 오늘은 줄리앙도 없다…….

하지만 나는 이를 악물었다.
"아무도 필요 없어."
나는 더 속도를 내려고 애썼다. 안개를 따라잡으려고 했다.

안개가 섬을 삼키기 전에 서둘러 도착해야 한다······.

스텔라는 너무 힘을 많이 써서 숨이 차올랐다. 추워서 근육도 경직되었다. 이제 발은 간신히 휘저을 정도였고, 팔은 물을 가르기가 힘들었다.

짠물에 붉게 충혈이 된 스텔라의 눈앞에서 초록 섬이 사라졌다. 안개가 삼켜 버렸다······.

스텔라는 몸을 뒤집어 배영을 했다. 하지만 거세게 출렁대는 파도에 스텔라는 중심을 잃고 흔들렸고, 부서지는 물보라에 앞이 보이지 않았다. 스텔라의 몸 절반이 물에 빠졌다. 다시 평영으로 헤엄쳤지만······ 더 거센 파도가 닥쳐서 물만 들이켰다. 스텔라는 숨이 컥컥 막혔다. 물 위로 고개를 빼고 두 팔을 허공에 휘저었다······.

스텔라는 결코 초록 섬에 갈 수 없을 것이다.

20. 삶이 먼저다

나는 울부짖기 시작했다.

물이 입 안으로 들어왔다. 숨이 막혔다.

난 소름 끼치는 텅 빈 바다 속에서 발버둥을 쳤다.

죽고 싶지 않았다!

죽기 싫었다!

그 순간…….

스텔라의 눈에 회색 파도 위로 하얀 날개 같은 게 보였다.

돛이다! 유령처럼 안개 속에 작은 배의 돛이 나타났다.

스텔라는 더 크게 소리 질렀다.

작은 배는 방향을 돌려 스텔라 쪽으로 달려왔다. 키 큰 사람이 키를 잡고 있는 게 보였다.

줄리앙은 강철같이 힘센 손으로 스텔라를 붙들어 배 위로 끌어 올렸다.

"뭐야! 저번처럼 또 바보 같은 짓이야? 너 일부러 그러는 거지, 그렇지?"

스텔라는 와락 눈물을 터뜨렸다.

"살았구나……."

줄리앙은 버럭 소리를 질렀다.

"대체 왜 그래?"

"그냥 나는…… 나는……."

스텔라는 더 말을 잇지 못했다. 이가 덜덜 떨렸다.

위고에 대해서 말하고 싶었다……. 하지만 위고는 내 사람이 아니었다. 갑자기 난 그 사실을 인정하고야 말았다. 그 애가 살았든지 죽었든지 다른 여자 애의 남자였다. 바꿀 수 없는 사실. 나는 절대로 위고를 가질 수 없다. 심지어 추억에서라도……. 그 사실을 받아들여야 했다.

스텔라의 눈물이 더 굵어졌다. 줄리앙은 흔들리지 않았다.

"너 연기하지? 겁먹은 척 연기하는 거지? 하지만 거짓이 잖아. 네 죽은 친구 이야기처럼……. 참 그럴 듯했어, 스텔라."

"아니야. 넌 몰라. 난 그 애를 사랑했어……. 사귄 게 아니었어도…… 정말로 사랑했다고……."

스텔라는 흐느꼈다.

줄리앙은 신경질적으로 스텔라의 말을 끊었다.

"그만 해! 다 거짓이야……. 그 시처럼."

"그건 맹세코 사실이야!"

스텔라는 대들었다.

"뭐?"

스텔라가 소리쳤다.

"시를 쓴 건 나야!"

줄리앙은 말을 잊었다. 두 사람의 시선이 마주쳤다. 동정심인지 줄리앙의 눈빛이 누그러졌다. 스텔라는 쫄딱 젖은 새끼 고양이 꼴이었다. 줄리앙은 스웨터를 벗어 스텔라에게 던졌다.

"입어. 그러다 얼어 죽겠어."

스텔라는 두툼한 스웨터를 입었다. 줄리앙의 온기가 남아 있어 따뜻했다. 스텔라는 몸을 웅크렸다.

줄리앙은 스텔라에게서 시선을 떼지 않았다.

줄리앙이 무섭게 말했다.

"너 오늘 나 아니었으면 어떻게 된 줄 알아?"

스텔라는 어깨를 으쓱였다.

"어떻게 되든 상관없어."

"그렇게 소리치던 걸로 봐서는…… 죽으려고 한 건 아닌 것 같던데! 넌 살고 싶잖아, 이 바보야!"

"몰라. 난 사는 게 재미없어. 삶도 나 같은 건 거들떠보지도 않아."

"그건 네 생각이지. 네 생각이 틀렸어."

스텔라는 자기 몸에 비해 세 배나 큰 스웨터 소매로 얼굴을 닦았다.

줄리앙이 중얼거렸다.

"제발 죽음은 그만 생각해, 스텔라. 죽은 자들은 죽은 자들과 함께 놔둬. 중요한 건 삶이야. 삶이 먼저야. 왜냐하면, 봐봐, 우리한테 삶을 사는 것 말고 다른 게 뭐가 있니?"

요트는 장난감처럼 파도에 흔들렸다. 물보라가 날 때렸다. 우리는 한참을 가만히 있었다.

줄리앙이 속삭였다.

"네가 쓴 시를 보여 줄래?"

"네가 보고 싶다면."

줄리앙한테 들려줘도 괜찮을 것 같았다. 날 비웃을 것 같지 않았다. 처음으로 나도 언젠가 작가가 될 수 있을 거란 기분이

들었다. 내가 쓴 글을 누군가에게 보여 줄 생각을 감히 했으니
말이다……

　성긴 안개 사이로 바닷가가 가까워졌다. 줄리앙은 돛을 쓰
러뜨리고 계속 달리며 배를 나아가게 했다. 배는 바닷가까지
미끄러져 들어가 부드럽게 '쉬' 하는 소리를 내며 멈췄다.
　스텔라는 여전히 웅크린 채 움직이지 않았다. 그래서 줄리
앙이 스텔라를 아기처럼 안아 모래 위에 내려놓았다. 스텔라
는 줄리앙을 꼭 붙들었다. 지난번 밤, 나무에 온몸을 기대었
던 것처럼.
　스텔라는 계속 줄리앙을 놓지 않았다. 나무가 고동치던 것
만큼 줄리앙의 세찬 고동 소리가 들렸다……
　스텔라는 삶의 소리를 들었다.

　줄리앙이 내게 키스를 했다.
　지금도 그때 그 순간을 떠올리면 줄리앙 혀의 짠맛이 되살아
난다.
　내 생애의 첫 번째 키스. 세상에서 가장 아름다운.

　그날 밤, 스텔라는 시를 썼다.

사랑받는 빛, 다정한 빛
보물처럼 내 안에 숨어 있네.
와서 내 삶의 밤을 채워 줘.
와서 내게 새벽빛을 그려 줘…….

스텔라는 편지지에 다시 옮겨 적었다.
그리고 정성스럽게 이렇게 적었다.
'줄리앙에게'

에필로그

그해 여름, 나는 사는 법을 배웠다.

하지만 이듬해, 우리 가족은 다시 브르타뉴를 찾지 않았다. 부모님이 그곳 날씨가 고약하다며 싫어했기 때문이다. 그래서 줄리앙을 더는 만나지 못했다.

몇 년이 흐른 뒤, 나는 다시 티 뭐라는 곳에 갔다. 그동안 난 내 꿈을 이뤘다. 작가가 됐고, '사실', 이 이야기를 하고 싶었다.

나는 스텔라와 줄리앙의 흔적을 따라갔다. 우연이라도 줄리앙을 다시 만나길 바랐지만 라 무에트 빌라는 팔렸고, 줄리앙이 어떻게 되었는지 아는 사람은 아무도 없었다.

난 모래사장을 거닐면서 예전의 시를 나지막이 읊조렸다.

'나는 검은 대양으로부터 멀리 날아가고 싶었다……'

바닷가를 따라 걷는 동안, 바다는 내게 되풀이해서 이렇게 속삭였다.

'위고오, 위고오, 위고오……'

# 옮긴이의 말

에밀리 디킨스가 그랬지요. "나는 가능성 속에서 살아갑니다. 그것이 내가 삶을 사는 방식입니다." 《삶이 먼저다》의 작가 안느 마리 폴을 보면 이 말에 잘 어울리는 사람이라는 생각이 듭니다. 어렸을 때는 발레리나를 꿈꾸고, 자라서는 모델과 배우로서 활동했고, 이제는 번역가와 작가로서 살고 있으니까요. 안느 마리 폴은 이렇게 여러 가지 다채로운 길에 도전하며 살아온 작가입니다. 프랑스 출판사에서도 안느 마리 폴이 작가가 된 것을 '또 다른 열정'이라고 설명하고 있습니다.

안느 마리 폴은 어린이와 청소년을 위한 글을 많이 썼습니다. 특히 어린 시절에 아프리카와 프랑스를 오가는 유목민 같은 생활로 발레리나의 꿈을 이루지 못해서인지, 춤을 주제로 한 이야기가 많습니다.

《삶이 먼저다》는 앞에서 발표한 작품들과는 색깔이 다른 이야기입니다. 이 책은 십대 소녀가 상상 속 사랑에서 깨어나 자기 자신과 현실을 있는 그대로 받아들이며 삶의 맛을 되찾게 되는 성장 소설입니다. 전지적 작가 시점으로 쓰여 있지만, 중간 중간 주인공 스텔라의 비밀 글을 통해 사춘기 소녀의 목소리로 그 시절의 마음 상태를 섬세하게 잘 보여주고 있습니다.

이 작품에서 스텔라가 쓴 시는 작가의 팬인 클레르 디레가 직접 쓴 시입니다. 작가 안느 마리 폴은 자신의 오랜 팬인 클레르 디레와의 소중한 인연을 기념하기 위해, 클레르 디레의 동의를 얻어 몇 편의 시를 이 책에 실었습니다.

이야기는 1960년대 파리에서 시작합니다. 여고생 스텔라는 허약하고, 혼자 있기를 좋아하고, 반 친구들한테 따돌림을 당하는 외톨이입니다. 이러한 스텔라가 남몰래 짝사랑하는 남자 아이는 위고. 학교에서 가장 예쁜 클라라의 남자 친구입니다. 하지만 위고는 학기가 끝날 무렵 자살을 합니다 (한 번 유급한 적이 있어 다시 유급할까 두려워서 그랬는지 모르겠지만, 정확한 자살 이유는 나오지 않습니다.).

첫사랑을 잃은 충격. 도무지 이해할 수도, 받아들일 수도 없는 사실입니다. 스텔라는 무엇보다도 그동안 자신이 위고를 사랑한다는 것을 위고가 몰랐는데, 앞으로도 영원히 모르게 되었다는 사실에 괴로워합니다. 하지만 정말 모를까요? 혹시 저 세상에서라도 위고가 스텔라의 마음을 알아주지 않을까요?

그래서 스텔라는 위고를 생각하며 시를 씁니다. 시 쓰기는 스텔라의 고통과 미련의 연장이지요. 스텔라는 시를 쓰며 좀처럼 아이들과 섞이지 못하는 외로움을 달래고, 더 나아가 한 뼘 더 성숙하게 됩니다.

스텔라는 줄리앙을 만나면서 또 한 번 변화를 겪게 됩니다. 줄리앙은 다정하기는 하지만 잘생긴 위고와는 거리가 먼 이미지입니다. 스텔라는 자신에게 다가오는 줄리앙이 부담스러워 거짓말을 하고 말지요. 차가운 회색 바다에 빠지고, 거짓말에 빠지고……. 스텔라는 세상에 없는 위고에게 집착하는 헛된 망상과 자기 연민에서 허우적대다, 죽고 싶다는 생각마저 하게 됩니다. 하지만 죽음의 공포를 직면한 순간에 스텔라는 정신을 차립니다. 초록 섬은 결코 갈 수 없다고 인정한 것처럼 위고의 허상에서도 깨어나게 됩니다. 거기에는 믿음직한 줄리앙이 손을 내밀어 주고 있지요. 가감 없이 현실을 인정하고, 털어 낼 것은 툭툭 털어 내기. 이것이 바로 그해 여름, 스텔라가 배운 삶을 사는 방법입니다.

《삶이 먼저다》를 번역하며, 안느 마리 폴이 사춘기 소녀의 연약하고 불안한 심리를 참 잘 그렸다는 생각이 들었습니다. 또한 욕망과 현실 사이에서 삶이 먼저라는, 세상을 사는 게 먼저라는, 의외로 심플한 메시지가 마음에 와 닿았습니다. 늘 멈추지 않고 도전해 온 작가가 전하는 메시지라서 더욱 그런지도 모르겠습니다.

삶을 사는 방법을 배우게 된 어느 여름날의 솔직한 이야기 그리고 이 여름날을 겪은 뒤 작가가 되었다는 에필로그에서, '이게 진짜 소설이기만 할까?' 하는 생각이 살짝 들었습니다.

여러분은 어떤가요?

이정주